영시 명시
다시 읽기

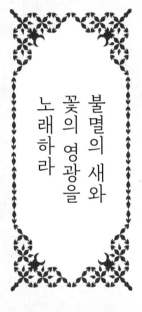

불멸의 새와
꽃의 영광을
노래하라

이종민 지음

모악

영문학의 꽃, 그 매혹적인 만남

오랜 세월이 지난 후 어디에선가
나는 한숨지으며 이야기 할 것이다
숲 속에 두 갈래 길이 있었고, 나는
그 중 사람들이 적게 간 길을 택했다고
그리고 그것이 모든 다름의 시작이었다고

프로스트의 「가지 않은 길」 중에서

길은 또 다른 길로 이어진다. 처음에는 그 차이가 별 게 아니지만 선택이 거듭되다보면 그 간격은 점점 멀어진다. 산책 정도라면 돌아와 다른 길을 택할 수도 있다. 하지만 이때에도 처음 선택했을 경우와 같을 수는 없다. 시간도 흘렀지만 산책의 경험만으로도 조금은 변해 있을 테니까. 더구나 세상살이의 길에서는 돌아와 다른 길을 선택할 수 없다. 이미 다른 시공간에 처해 있기 때문에.

세상의 길은 두 갈래로 나뉜다. 간 길과 가지 않은 길로. 어떤 길을 선택할 것인가? 어렵고 두려운 일이다. 그 길이 어떤 길로 이어질지 예견할 수 없기 때문이다.

잘하는 일을 할 것인가? 좋아하는 일을 할 것인가? 흔히 하게 되는 고민이다. 학생들과 상담할 때에도 언제나 머뭇거리게 되는 대목이었다. '나라면 이렇게 하겠다.' 정도가 해줄 수 있는 충고의 거의 전부다.

수학을 꽤 잘했다. 초등학교 때에도 '학거북산'(학과 거북이 머리를 합하면 7이고 다리를 합하면 22일 때, 학과 거북이 각각 몇 마리일까?)에 취하여 스스로 문제를 내고 풀며 즐길 정도였다. 중학교 때에는 전국 수학경시대회에 나가 입상까지 했다. 고등학교 시절에는 학년 전체 평균 점수가 20점 정도인 수학시험에서 만점을 받아 선생님한테 대 뿌리로 머리를 맞기도 했다.

그런데 문과를 택했다. 적녹색약(赤綠色弱) 때문이기도 했지만 그쪽을 좋아했다. 국어 영어 사회 등에 약해 고생을 했지만 수학 한 과목으로 벌충하고도 남았다. 나름 현명한 선택이라 할 수도 있겠다. 이른바 일류 대학에 진학하게 된 것도 거의 수학 덕분이라 할 수 있다. 아이러니와 역설은 어디에나 있다!

대학 영문학과에 진학해서도 문학보다는 어학에 재능이 많았다. 시험기간이 되면 동료들에게 예상문제를 내서 풀어줄 정도였다. 결국 어학전공 학과장의 꼬임에 넘어가 영어학으로 졸업논문을 쓰고 대학원 진학도 하게 된다.

하지만 대학원에서 문학으로 방향을 틀었다. 학과장 교수의 으스스한 협박을 견디며. 문학이 좋아서. 시와 소설을 공부하고 싶어서. 잘하는 것보다 좋아하는 길을 선택한 것이다. 시인 프로스트가 사람들이 덜 간 길을 선택한 것과 견줄 수 있을 것이다.

그렇게 여기까지 왔다. 40여 년 그 긴 세월 동안 적성이 부족한 문학(영시)과 씨름하며. 영시는 그렇게 버거운 짐이 되었다. 과장하면 열등의식(콤플렉스)과 외상(外傷, 트라우마)의 원천이기도 했다. 잘하는 게 아니고 좋아하는 걸 선택한 업보라 할 것이다. 이제 정년퇴임으로 겨우 그 어두운 그늘에서 벗어나게 되었으니 참 기나긴 인고의 세월이라 하겠다. 후회까지는 아니지만 프로스트처럼 한숨

짓는 것까지 어찌할 수는 없을 것이다.

이 책은 그 해방의 상징적 깃발과 같은 것이다. 좋아만 했지 적성은 부족한 분야에서 오랫동안 몸부림한 흔적의 집적물이라 할 수 있다. 역량 부족한 사람이 오랜 공력을 들여 이룩한 작은 성취! 시적 감수성도 없고 문학의 자질도 부족하지만 진정성은 갖춘 사람이 꾸준한 노력 끝에 얻게 된 소박한 성취이다.

그것이 이 책의 한계요 강점이라 하겠다. 열등의식은 때로 끊임없는 분발의 원동력이 된다. 다른 것으로라도 벌충하려는 애씀으로 이어지기도 한다. 분과학문의 좁은, 때로는 편협하기까지 한, 함정에 빠지지 않게 해준 부분이 없지 않다. 전공에서의 부족함을 벌충하기 위해 많은 시인 예술가들을 만났고 다양한 학문 영역도 기웃거렸다. 지역문화운동이나 동학농민혁명기념사업, 전주전통문화도시조성사업에도 간여를 했다. 그 덕에 세상에 대한 조금은 넓고 깊은 시야를 얻게 되었다. 그것이 전공인 영시를 좀 더 다양한 방식으로 바라보게 하는 데에 도움을 주었을 것이다.

또 하나, 재능이 남다른 이는 다른 사람의 처지를 이해하지 못한다. 존경하는 평생 은사 황동규 시인처럼 시적 감수성이 풍부한 이는 결코 친절한 안내를 해주지 않는다. 번역도 제대로 해주지 않고 "질문 있나요?" 되물으며 수업을 진행한다. 연구와 풍류를 겸한 시인 송욱 교수님도 불친절하기는 마찬가지. 강의가 끝나면 오히려 막막함과 두려움에 시달리게 된다. 오죽하면 '내가 대학교수가 되면 친절하고 자상하게 설명해주어야지!' 결심까지 했을까?

이 책은 그 결심의 산물이기도 하다. 시적 감수성을 타고난 이들에게는 분명 쓸데없는 친절이나 군더더기 설명이 넘쳐나 보일 것이다. 그래서 영시의 묘미를 오히려 해칠 수도 있겠다고 염려할 수 있다.

하지만 몇몇 선택받은 이들만 이 매혹적인 영시를 독차지하도록 내버려둘 수는 없는 노릇이다. 상상력과 감수성이 조금 부족한 이들도 약간의 부축임을 통해 '불멸의 새'와 '꽃의 영광'이 지닌 매력을 맛볼 수 있어야 한다. 이럴 때에는 좀 부족한 사람의 애정 어린 진정성 있는 안내가 의미 있는 도움이 될 수 있다.

이 책의 탄생 이유는 바로 이 지점에 있다. 영시를 좋아는 하지만 시적 감수성 혹은 상상력의 부족을 염려하여 주저하는 사람들을 응원하기 위한 것이라는 말이다. 그래서 우리말 번역도 멋을 부리지 않고(부릴 수도 없다!) 원시의 의미를 가능한 정확하게 전달하는데 주력했다. 능력의 한계 때문이기도 하지만 시적 매력은 영어 원시 자체에서 느낄 수밖에 없다는 생각에서이기도 하다.

시 작품의 선정에 특별한 기준이 있었던 것은 아니다. 일부는 월간지에 연재하기 위한 것이라 대학에서 강의를 하면서 주로 읽었던 작품 중 어느 특정 시기에 다가온 것들을 우연에 기대어 선정했다. 잡지에 연재를 하다 보니 작품의 길이에도 많은 제약이 있었고 꼭 소개하고 싶은 긴 시는 일부만 다룰 수밖에 없었다. 시의 완성도를 생각하면 있을 수 없는 일이지만, 좋아하는 작품을 빼놓을 수 없다는 조바심이 더 크게 작용했다.

이제 시작일 뿐이다. 열등의식에 시달리지 않아도 되니 한풀이 하듯 좋아하는 영시들을 계속 소개해 나갈 것이다. 바람이 있다면 비슷하게 주눅 들어 영시 감상을 망설였던 이들에게 힘찬 응원가가 되었으면 하는 것이다. 영문학의 꽃은 영시라 했다. 이 작은 노력이 서구문학, 더 나아가 인류문화의 소중한 자산인 영시의 매력을 많은 이들이 공유하는 데 조금이라도 기여했으면 하는 마음 간절하다.

2021년 가을
화양모재에서 이종민

차례

2부 일상의 기쁨과 슬픔
낭만시, 비가, 송가

3부 세상에 대한 탐구
풍자와 사회비판

1부

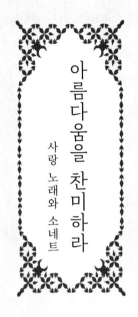

아름다움을 찬미하라

사랑 노래와 소네트

이탈리아에서 시작된 소네트는 프랑스와 스페인을 거쳐 16세기 영국에 소개된다. 영어의 급격한 발음 변화로 영시의 전통을 제대로 계승하지 못한 당시 영국 시인들은 수입된 소네트에서 대안을 찾았다. 사랑에 빠진 사람이 아름다운 여인에게 은총을 구하는 형식의 소네트는 시인과 후견인, 나아가 신하와 왕의 관계와 흡사한 모습을 띤다. 삼중의 의미를 지니는 것이다. 1부에서는 대표적인 소네트와 사랑을 주제로 한 작품들을 살펴본다.

부질없는 다짐

와이어트의 「사랑이여 안녕」
("Farewell Love")

사랑이여 안녕 그대의 모든 법칙도 영원히 안녕
그대의 미끼 달린 낚시도 나를 더 이상 유혹하지 못하리
세네카와 플라톤이 부르노라, 그대의 가르침을 버리고
좀 더 완벽한 풍요를 위해 나의 예지를 갈고 닦으라고.
맹목의 오류 속에서 고통당하며 견디고 있을 때
계속해서 콕콕 쑤시는 그대의 그 매서운 퇴짜가
깨우쳐주었노라, 사소한 것을 중히 여기지 말라고.
자유가 더 소중하니 어서 피해 달아나라고.
그러니 잘 가라, 가서 더 젊은 가슴이나 괴롭혀라.
더 이상 나한테 권위를 주장하지 마라
한가한 젊은이들이나 찾아가 그대의 자산을 써먹어라
그들에게 그대의 부서지기 쉬운 많은 화살을 허비하라
나 이제까지 많은 시간을 낭비하였으니
더 이상은 썩은 가지에 오르고 싶지 않노라.

Farewell, Love; and all thy laws forever,
Thy baited hooks shall tangle me no more;

Senec and Plato call me from thy lore,

To perfect wealth my wit for to endeavour.

In blind error when I did persever,

Thy sharp repulse, that pricketh aye so sore,

Hath taught me to set in trifles no store

And 'scape forth, since liberty is lever.

Therefore farewell, go trouble younger hearts,

And in me claim no more authority;

With idle youth go use thy property,

And thereon spend thy many brittle darts.

For hitherto though I have lost all my time,

Me lusteth no longer rotten boughs to climb.

이탈리아 르네상스 시기의 대표적인 시인 페트라르카(Petrarch, 1304-1374)의 사랑 노래(sonnet)를 영어로 번안한 작품입니다. 16세기의 영국은 선배 대시인 초서(Geoffrey Chaucer, 1340?-1400)가 이룩한 풍성한 문학적 유산을 제대로 물려받을 수 없었습니다. 사용하던 영어에 커다란 변화가 있어 초서가 구축한 운율(prosody) 전통을 이어받지 못하게 된 것입니다. 그래서 당시 많은 시인들은 새로운 시적 양식을 찾아 대륙, 즉 이탈리아와 프랑스 및 스페인 등의 시문학에 많은 관심을 기울이게 되었습니다. 이때 가장 주목받은 장르가 바로 소네트입니다.

이탈리아의 페트라르카와 단테(Dante, 1265-1321) 등이 유행시킨 이 사랑 노래는 14행으로 되어 있습니다. 대부분 아름다운 여인에 대한 구애를 내용으로 하고 있습니다. 직접적인 구애가 주를 이루기도 하고 거절로 인한 가슴앓이를 호소하기도 합니다. 여인의 아름다움에 대한 칭송이 거의 바탕을 이루지만 여인의 변덕이나 배은망덕에 대한 한탄도 자주 등장합니다.

아름다운 여인은 예나 지금이나 쌀쌀맞고 변덕스러운 모양입니다. 사랑에 빠진 사람은 너나없이 냉정한 퇴짜와 시도 때도 없는 변덕에 시달려야 합니다. 여인의 태도에 따라 천국과 지옥을 넘나들어야 하는 것이지요.

사랑에 빠진 사람의 묘한 심경을 페트라르카는 독특한 비유를 통해 잘 그려냈습니다. 이를 '페트라르카 풍의 기상'(Petrarchan conceits)이라고 칭하는데, 존 던 등이 발전시킨 '형이상학적 기상'(Metaphysical conceits)과 대비되기도 합니다.

이 비유에 의하면, 사랑에 빠진 사람의 마음은 폭풍에 시달리는 배입니다. 이 배의 선장은 당연 이성(理性)이 되어야 하는데 사랑의 신 큐피드가 이 배를 점령해버립니다. 그러니 방향을 잃고 헤맬수밖에 없습니다. 나침판 역할을 해주는 북극성(그녀의 눈)을 볼 수 있으면 그나마 방향을 정할 수 있겠는데 그녀는 만나주지 않습니다. 그러니 마음의 배는 끝없는 눈물의 비와 한숨의 바람에 시달릴수밖에 없습니다. 사랑에 빠진 사람이 흘리고 내쉬는 눈물과 한숨을 망망대해에서 맞는 폭풍우와 연결시키는 것입니다.

그렇게 시달림에 지쳐 가끔 이성의 선장이 배의 키를 잡기도 합니다. 와이어트(Sir Thomas Wyatt, the Elder, 1503-1542)가 번안한 이 시에서처럼 변덕스러운 사랑 혹은 연인에 더 이상 놀아나지 않겠다고 다부지게 결심을 하는 것입니다. 그러나 사랑의 감정이라는 게 그렇게 쉽게 통제할 수 있는 것이던가요? 하루에도 수십 번씩 반성과 결심을 거듭해보지만 실효성이 얼마나 지속될까요?

담배 끊겠다는 애연가의 새해 다짐보다도 허망합니다.

실제 연애에서도 그런 것처럼, 이제 관심 없다는 선언은 상대방의 관심을 끌어내기 위한 전략이기도 합니다. 감정의 진솔한 고백보다 무관심한 척하는 게 훨씬 자극적일 수 있습니다.

세네카(Lucius Annaeus Seneca, ca. BC 4-AD 65)는 로마의 스토아 철학자이자 비극작가. 사랑 놀음에 시달려온 화자가 이제 많은 사랑의 비전(秘傳) 대신 세네카나 플라톤(Plato, BC 427-347)이 대변하는 학문의 세계에 열중하겠다고 다짐합니다. 연애 때문에 학점 전선에 이상이 생긴 학생이 도서관 찾으며 되뇌는 다짐과 흡사합니다. 내가 다시 연애하나 봐라! 내가 다시 여인의 유혹에 넘어가나 봐라!

8행의 'lever'는 '더 소중한, 더 귀한'의 뜻이며, 12행의 'darts'는 사랑의 신 큐피드가 쏘아대는 화살을 뜻합니다. 흔히 사람을 보고 반하는, 즉 사랑에 빠지는 걸 이 화살에 맞은 것에 비유하곤 하죠. 마지막 행의 'Me lustes'는 '나는 원한다' '나는 하고 싶다'의 옛날 식 표현입니다.

사랑이 '안녕!' 한다고 사라질까? 그렇다면 이런 시를 쓸 필요도 없겠지요. 마음대로 못하는 게 사랑인 것을. 그래도 어쩔 수 없으니 이런 헛된 다짐이라도 해보는 것이겠죠. 자유가 좋다고요? 많은 이들은 '달콤한 구속'을 오히려 더 좋아하지요. 혹시 압니까? 이처럼 단호한 결심에 감동해서 여인이 마음을 바꿀지! 그렇게 사랑에 휘둘리고 싶은 마음을 이렇게 표현했을 수도 있는 것입니다.

절묘한 구애의 수사학

서레이의 「나를 지배하는 사랑」
("Love that Doth Reign")

내 생각을 다스리며 그 안에 살고 있던 사랑이

점령당한 내 가슴에 진지를 구축하고 있다가

나와 싸울 때 입던 무장을 한 채

종종 내 얼굴에 깃발을 내세운다네.

하지만 나에게 사랑과 고통 감내하는 법을 알려준

그녀는 나의 의심 많은 희망과 뜨거운 욕망을

정숙한 표정으로 가리고 억제시키기 위하여

미소 짓던 어여쁜 모습을 분노로 바꾸었네.

그러자 겁쟁이 사랑은 재빠르게 가슴으로 도망쳐

그곳에 숨어 불평만 늘어놓고 있다네.

뜻을 이루지 못한 채 다시 얼굴을 내밀 엄두도 못 내며.

내 주인 탓에 죄 없이 이렇게 고초를 겪고 있지만

나는 내 주인에게서 발을 돌리지 않을 것이네.

사랑으로 마무리되는 죽음은 달콤하니까.

Love, that doth reign and live within my thought,

And built his seat within my captive breast,

Clad in the arms wherein with me he fought,

Oft in my face he doth his banner rest.

But she that taught me love and suffer pain,

My doubtful hope and eke my hot desire

With shamefast look to shadow and refrain,

Her smiling grace converteth straight to ire.

And coward Love, then, to the heart apace

Taketh his flight, where he doth lurk and plain,

His purpose lost, and dare not show his face.

For my lord's guilt thus faultless bide I pain,

Yet from my lord shall not my foot remove:

Sweet is the death that taketh end by love.

사랑의 감정을 드러냈다가 연인의 엄한 표정의 반응에 기가 죽어 가슴앓이를 하고 있는 모습을 그린 시입니다. 역시 페트라르카의 또 다른 소네트를 서레이 경(Henry Howard, Earl Surrey, 1517-1547)이 영어로 번안한 것입니다.

평소 한 여인을 사랑하고 있으면서도 이를 가슴에만 담아둔 채 고백하지 못했더랍니다. 그러니 그 가슴은 사랑 신의 포로가 된 신세라 할 수 있겠지요. 그러던 어느 날 자신도 모르게 사랑의 감정을 드러내고 말았습니다. 물론 말로 한 것은 아니고 표정으로 한 것이지요. 말로 고백한다는 것이 어디 쉬운 일이던가요? 어느 가수의 「맨 처음 고백」이라는 노래를 군이 떠올리지 않더라도 말입니다.

감히 바로 바라보지도 못하다가 언뜻 비껴 바라볼 때 확인할 수 있는 그 선망의 눈초리, 주체할 줄 모르고 피어나는 발그레한 홍

조, 손을 어디에 두어야 할지 모르면서 허둥대는 모습…… 사모하는 사람 앞에서 나타나는 전형적인 태도들 있잖아요? 그것이 바로 사랑(의 신)이 싸울 때 갖추는 무장(武裝)일 것입니다.

사랑의 열병으로 시달리는 사람들이 겪는 고통 중 하나가 의심과 희망의 끝도 없는 교차라 할 수 있습니다. 연인의 밝은 표정을 확인하게 되면 '아, 나를 좋게 생각하는구나!' 희망에 들뜨다가, 조금이라도 어두운 표정이나 시큰둥한 목소리를 접하면 '아, 나는 안 된다니까!' 절망의 나락에 빠지게 되지요. 손을 잡거나 포옹하고 싶은 열망은 또 얼마나 간절하겠습니까? 그러나 사랑하는 사람의 감정을 상하게 할까 두려워 차마 표현하지 못하고 있었던 것이지요.

그런데 어느 순간 그 절제의 고삐가 풀리고 만 것입니다. 하지만 아름다운 여인이 이를 금방 수용할 리가 없지요. 웃음 띤 어여쁜 모습을 싹 거두고 이내 분노의 표정으로 바꿔버린 것입니다. 그렇지 않아도 조마조마하던 사랑에 빠진 사람은 여인의 화난 모습에 화들짝 놀라 사랑의 감정을 마음속에 다시 꼭꼭 숨기게 되었겠지요. 그러니 계속해서 사랑의 열병에 시달릴 수밖에요.

이 시의 묘미는 후반부에서 두드러집니다. 덤벙덤벙 주책없이 사랑을 고백했다가 퇴짜는 맞았지만 사랑의 포로가 된 것 자체를 후회하지는 않겠다. 마음의 주인이 된 사랑을 배신하는 일은 결코 없을 것이다. 아니, 그 사랑을 결코 포기하지 않을 것이다. 더욱 단호한 사랑의 다짐을 확인시켜주고 있는 것입니다. 절묘한 사랑의 고백이라 할 수 있겠지요? 사랑을 위해서라면 죽음의 시련까지도 감내하겠다는, 사랑의 감정이 그만큼 절절하다는 걸 확실하게 각인하고 있는 것입니다. 사랑을, 아니면 적어도 사랑의 고백을 후회하는 듯 하다가 갑자기 반전하여 변함없는 사랑을 다짐하는 절묘한 구애 수사학을 보여주고 있는 것입니다.

시 전체에 흐르고 있는 전쟁 혹은 전사의 이미지에 주목해서 읽으면 시의 맛을 더욱 절감할 수 있습니다. 얼굴에 깃발을 꽂았다는 건 이제까지 마음에만 진을 치고 있던 사랑의 전사가 얼굴이라는 고지를 점령했다는 걸 의미합니다. 사랑에 빠진 상태를 사랑의 전사에 점령당했다고 비유한 것도 이 연장선 상에 있는 것이고요.

금방 만났다 금방 헤어지는 요즘의 연애 풍속과는 사뭇 다르다고 할 수 있습니다만 그래도 아직 상대방의 사랑을 확인하지 못한, 말하자면 짝사랑에 빠져 있는 사람의 심경은 제대로 그려주고 있는 듯합니다. 그러니 이 시를 교훈(?) 삼아 사랑 고백하는 사람 너무 망신 주지 말고 잘 대해주시기 바랍니다. 언젠가는 나도 당할 수 있다는 걸 명심하고 말입니다.

사랑의 탄식

시드니의 「오 달님이여」
("O Moon")

오 달님이여, 그대는 얼마나 슬픈 걸음으로 하늘을 오르시는가!
얼마나 고요하게, 그리고 얼마나 창백한 얼굴을 한 채로!
아, 저 하늘나라에서도 그 분주한 궁사가
날카로운 화살을 쏘아대고 있단 말인가!
오랫동안 사랑에 익숙해진 눈이 사랑에 대해 잘
판단할 수 있나니, 그대도 사랑의 병을 앓고 있음이 틀림없소.
그대의 모습에서 그것을 읽을 수 있소. 그 수척한 아름다움이
같이 느끼고 있는 나에게 그대의 처지를 말해주고 있소.
그러니, 달님이여 우정을 위해서라도 나에게 말해주오,
그곳에서도 변함없는 사랑이 어리석은 일로 간주되는지요?
그곳에서도 아름다운 사람들은 이곳에서처럼 거만한지요?
그 위에서도 사랑 받기만을 좋아할 뿐
사랑에 사로잡힌 사람들은 경멸하는지요?
그들도 배은망덕을 미덕이라 부르는지요?

With how sad steps, O Moon, thou climb'st the skies,
How silently, and with how wan a face!

What, may it be that even in heav'nly place

That busy archer his sharp arrows tries?

Sure, if that long-with-love-acquainted eyes

Can judge of Love, thou feel'st a Lover's case;

I read it in thy looks; thy languish'd grace,

To me that feel the like, thy state descries.

Then even of fellowship, O Moon, tell me,

Is constant love deemed there but want of wit?

Are beauties there as proud as here they be?

Do they above love to be loved, and yet

Those lovers scorn whom that love doth possess?

Do they call virtue there ungratefulness?

사랑에 빠진 사람의 딱한 처지를 달을 통한 비유로 그린 시드
니 경(Sir Philip Sidney, 1554-1586)의 대표작입니다. 유명한 소
네트집(sonnet cycle) 『별을 사랑하는 사람과 별』(*Astrophel and
Stella*)에 수록된 서른한 번째 작품입니다. (당시에도 많은 이들이 사
랑하는 사람을 별Stella에 비유하곤 했답니다.)

시인이며 정치가이자 군인이기도 했던 시드니 경은 엘리자베
스 1세 치하의 전형적인 '르네상스적 인물'*입니다. 그는 셰익스
피어에 앞서 영국 고유의 소네트 양식을 개척 정착시켰으며, 그의
『시 옹호론』(*The Defence of Poetry*)은 영문학사상 최초의 본격
문학평론으로 간주되고 있습니다. 또한 스펜서(Edmund Spenser,

---

* 다빈치(Leonardo da Vinci, 1452 - 1519)처럼 다방면에서 뛰어난 재능을 보여주는 사람.

1552?-1599) 등 많은 문인들의 후원자로서 영문학사에 큰 기여를 했습니다. 특히 전쟁 중에 부상으로 죽어가면서도 "그대 갈증이 내 것보다 더 큰 듯하오!" 하면서 부하가 자신을 위해 떠다준 물을 양보했다는 일화로 유명한 군 지휘관이었습니다.

　시드니 경과 유망한 귀족 에섹스 백작(Earl of Essex)의 여동생 페넬로프(Penelop Devereux) 사이의 열정적인 로맨스는 문학사에서 꽤 유명합니다. 페넬로프의 아버지는 장래가 촉망되는 시드니를 높게 평가하여 두 사람의 결합을 유언으로 남겼습니다. 그러나 그녀를 정치적 출세에 이용하기 위해 더 부유한 배필을 찾던 그녀의 후견인들은 그녀의 아버지가 사망한 후 별 매력은 없지만 부와 권력을 함께 지니고 있던 리치 경(Lord Rich)에게 시집을 보내버립니다. 그 결혼은 시드니의 불분명한 태도가 한 원인으로 작용하기도 했답니다. 그는 아홉 살 연하인 페넬로프의 매력에 본능적으로 이끌리면서도 자신과 같은 위대한 사상가에게는 사랑이나 결혼이 어울리지 않을 것이라는 기이한 현학적 환상에 사로잡혀 있었다고 합니다.

　두 사람의 사랑의 감정은 결혼 후에 오히려 더 분명한 모습을 띠게 됩니다. 사랑하지 않는 사람과의 정략결혼에 만족할 수 없었던 페넬로프는 시드니에 대한 감정이 멋없는 남편에 대한 실망만큼이나 강고해졌습니다. 그녀는 자신의 남다른 아름다움과 재치를 매력으로 맘껏 활용하며 당시 사교계의 중심인물로 떠올랐습니다. 많은 문사들이 그녀를 흠모하는 시를 써서 바쳤습니다. 그러한 상황들이 시드니를 자극했으리라는 걸 쉽게 짐작할 수 있을 것입니다. '놓친 고기'가 되어버린 그녀에 대한 아쉬운 마음은 결합이 물리적으로 불가능하다는 걸 느낄수록 더욱 절실해졌습니다. 이처럼 절절한 마음이 일련의 사랑 시들을 낳게 됩니다.

달은 사랑과 연애의 필수요소입니다. 사랑에 빠진 사람들은 누구나 교교한 달빛에 매료됩니다. 기도의 대상이기도 하고 소통의 매개가 되기도 합니다. 달빛이 사랑의 감정을 고조시키기도 하고 용기를 북돋아 고백을 하게도 해줍니다. 이효석의 명 단편 「메밀꽃 필 무렵」에서처럼 묘한 분위기를 연출하여 꿈같은 사랑의 하룻밤으로 이끌기도 합니다.

이 소네트에서도 사랑에 빠진 화자는 달을 올려다보고 있습니다. 느리게 떠오르는 달의 창백한 모습을 보고 이를 사랑 병의 징후로 간주합니다. 사랑에 빠지면 누구나 시인이 됩니다. 상상력이 놀라운 비상의 날개를 펴게 되는 것입니다. 평소 거들떠보지도 않던 것들에 대단한 의미를 부여하며 소소한 것에도 절망하고 하찮은 것에서도 환희를 맛봅니다. 눈과 비, 낙엽이 그렇고 달은 더욱 그렇습니다.

사랑에 빠진 시인 화자는 창백한 얼굴로 느리게 움직이는 달에게서 사랑에 빠졌으나 사랑하는 이의 '은총'을 얻지 못해 애타고 있는, 즉 짝사랑의 가슴앓이를 하고 있는 이의 모습을 확인합니다. 그가 이처럼 단정할 수 있었던 것은 그도 같은 처지에 있기 때문입니다. 말하자면 동병상련을 겪고 있었던 것입니다.

시인은 도도하고 변덕스러우며, 사랑 받기만 좋아하고 사랑을 베푸는 데는 인색한, 미인들이 지닌 공통의 특성을 한탄합니다. 천상의 상황에 대해 궁금해 하는 묘한 수사적 의문문을 통해서.

시인의 이러한 '수사의문문'이 효력을 더하는 것은 하늘의 세계를 변함이 없는 곳이라 여기기 때문입니다. '불확실성'이 지배하고 있는 지상에서는 사랑도 덧없고 신의도 무상하기만 합니다. 이 무상한 지상에서는 변덕스러운 사랑 때문에 가슴앓이를 피할 수 없지만, 천상에서도 그렇다고 하니 의아스러운 것입니다. '그곳에서도' 혹은 '그 위에서도'에 주목하면서 읽어야 하는 까닭이 여기 있습니다.

달은 천상과 지상을 구분하는 경계입니다. 그래서 '달 아래의'라는 뜻을 지닌 영어 'sublunary'는 '덧없는' '무상한' '세속적인' 등의 의미를 동시에 지니고 있습니다. 이 시에서는 변함없고 완전한 천상의 세계에서도 사랑의 가슴앓이가 존재하느냐고 의문을 제기함으로써, 이 불완전하고 덧없는 지상에서의 그것이 어느 정도로 심각한 것인지를 강하게 부각시키고 있습니다.

물론 이 시의 내용을 꼭 시드니와 페넬로프 사이의 전기적 사실과 견주어 해석할 필요는 없습니다. 페트라르카 식의 비유에서도 확인할 수 있는 것처럼, 당시의 많은 연애시 혹은 사랑의 시들이 일정한 인습에서 온전하게 자유로울 수는 없었습니다. 아름다운 여인을 이런 식으로 그리는 게 하나의 전통이었던 것이지요.

4행의 '분주한 궁사'는 '큐핏의 화살'을 쏘아대는 사랑의 신을 가리킵니다. 3행의 'What'은 감탄사이고요. 6행의 'lover's case'는 '사랑에 빠진 사람이 겪는 질병이나 그 증세'로 새기면 될 것입니다. 10행의 'but'은 'only'와 같은 의미로 쓰였습니다.

사랑은 수많은 가슴앓이를 동반합니다. 그리고 덧없습니다. 옛날 사람들도 다 아는 얘기를 누군들 모르겠습니까만, 지금도 사랑에 빠지는 사람들이 즐비합니다. 자신들의 사랑만은 그러지 않으리라 환상을 품으면서. 그래서 이런 시가 아직도 애송되고 있나 봅니다.

바닷가에 새긴 이름

스펜서의 「작은 사랑의 노래 75」
("Amoretti 75")

어느 날 나는 그녀의 이름을 백사장에 썼습니다

그러나 파도가 밀려와 그것을 씻어 가버렸습니다

다시 나는 그녀의 이름을 거듭하여 썼습니다

허나 조수가 밀려와 나의 노력을 제물로 삼아버렸습니다

"공허한 이여" 그녀가 말했답니다, "죽을 수밖에 없는 존재를

영원불멸의 것으로 만들기 위해 헛된 노력을 하다니요,

내 자신도 이와 같이 쇠락하고 말 것이며

내 이름 또한 이처럼 씻겨 없어질 텐데요."

"그렇지 않아요" 내가 말했습니다. "비천한 것들은 먼지 속에서

죽어 없어질지라도, 당신은 명성으로 살아남을 것이오.

나의 시가 당신의 귀한 미덕을 영원한 것으로 만들어 줄 것이며

하늘나라에 그대의 찬란한 이름을 새겨놓을 것입니다

그곳에서 죽음이 모든 세상을 지배할 때에도

우리의 사랑은 살아남아 차생(此生)의 삶을 새롭게 할 것입니다."

One day I wrote her name upon the strand,

But came the waves and washed it away:

Again I wrote it with a second hand,

But came the tide, and made my pains his prey.

"Vain man," said she, "that dost in vain assay,

A mortal thing so to immortalize;

For I myself shall like to this decay,

And eke my name be wiped out likewise."

"Not so," quod I, "let baser things devise,

To die in dust, but you shall live by fame:

My verse your virtues rare shall eternize,

And in the heavens write your glorious name.

Where whenas death shall all the world subdue,

Our love shall live, and later life renew."

'조그만 사랑의 노래'라는 의미의 『아모레티』(*Amoretti*) 연작 소네트에는 시인 자신의 사랑이나 연애의 전기적 체험이 묻어 있습니다. 버질(Virgil, BC 70-19)처럼 '시인들의 군주'(the prince of poets)라고 칭송받는 스펜서(Edmund Spenser, 1552-1599)는 사랑하는 여인 엘리자베스 보일(Elizabeth Boyle)을 향한 사랑의 감정과 구애의 과정을 이 사랑의 연작시에 담았습니다. 특이한 점은 다른 시인들은 주로 사랑의 좌절을 탄식하고 있는 반면 스펜서는 구애에 성공하여 결혼에 골인한다는 것입니다. 그 결과는 르네상스 시대 영국시의 대표작으로 칭송되는 「축혼가」("Epithalamion")의 탄생으로 이어지며 1595년 『아모레티와 축혼가』(*Amoretti and Epithalamion*)로 출판됩니다.

그러나 당시의 많은 연애시들이 그러한 것처럼 이 사랑의 연작

시도, 적어도 전반 66편까지는 상당 부분 페트라르카 식의 인습(convention)에 의존하고 있습니다. 그 전형적인 예들을 살펴보면, 사랑에 빠진 사람의 불행과 흔들림 없는 헌신, 이와 대비되는 아름다운 여인의 무정함, 정열의 불길에 싸여 있는 남자 연인과 얼음처럼 차갑고 무자비한 여인의 대조, 고통스러운 즐거움과 즐거운 고통의 이율배반(oxymoron), 희망과 절망의 끊임없는 마음 전쟁('civil war') 등이 그것입니다. 사랑에 빠진 사람의 마음을 배에 비유하고 여인의 눈을 그 배의 나침판 역할을 해주는 북극성으로 치부합니다. 그 배가 항해하며 시달리게 되는 폭풍과 비는 사랑에 빠진 사람의 한숨이요 눈물입니다.

이 작품에 잘 드러나 있는 '시의 영원성'이라는 주제도 자주 등장하는 전형적인 것 중의 하나입니다. 이 주제는 귀족들의 후원에 의해 생계수단을 확보할 수밖에 없었던 당시 시인들의 처지를 반영하고 있습니다. 매우 소중한 작업을 하고 있다는 자부심과 연결되는 이 주제는 거의 동시대의 극시인 셰익스피어의 소네트에도 시간의 파괴성과 더불어 빈번하게 등장합니다.

『아모레티』의 일흔다섯 번째 노래인 이 소네트에는 바닷가 모래밭에서 연인들이 즐겨하는 놀이를 배경으로 하고 있습니다. 예나 지금이나 사랑에 빠진 사람들은 상대방의 이름 쓰기를 좋아했나 봅니다. 자신의 사랑을 받아들여 달라는 소망, 그것이 영원히 변치 않기를 염원하며 스스로도 변하지 않을 것임을 다짐하는 마음, 연인이 세상에서 가장 소중한 이임을 확인하며 자기 또한 그이에게 그러한 존재이기를 바라는 마음 등을 담아 잡기장이든 모래밭이든 꾹꾹 눌러 써대는 것이지요.

이 시의 화자도 그런 소망과 염원을 담아 차마 입으로 부르지 못하는 소중한 이름을 모래밭에 적었나 봅니다. 그런데 쉼 없이 밀려오는 파도가 그의 노력을 헛수고로 만들었겠지요. 그러자 자신의 정성이 부족했나, 두려운 마음으로 자책하며 더욱 열심히 써 나갔겠지요. 영원히 지워지지 않을 사랑을 꿈꾸며.

그때 멀리서 무심한 듯 수평선 너머를 바라보던 여인이 이런 부질없는 모습을 안타까워하며 (어쩌면 코맹맹이 소리로) 나무랐겠지요. 쓸데없는 짓 하지 말라고. 물론 진정 나무란 건 아니지요. 속으로는 대견해 하면서도 겉으로는 아닌 척, 뻔한 말을 건넨 것이지요.

마침 할 말을 찾지 못해 어색, 옹색해하던 시인에게는 절호의 기회가 찾아왔습니다. 자신의 사랑을 확실하게 입증하고 전달할 수 있는 계기를 찾은 것이지요. 더불어 자신이 하는 시작(詩作)이 얼마나 소중한 일인가를 확인시키고.

시간의 무자비한 파괴를 뛰어넘는 사랑, 이를 가능하게 해주는 위대한 시. 스펜서는 이 주제들을 풍성한 울림의 소리를 통해 잘 표현하고 있습니다. '에이'(ei)와 '아이'(ai)의 이중모음(day, name, came, away, made, pains, prey, name, decay, assay, fame, later / I, tide, immortalize, wiped, myself, like, likewise, die, eternize, write, life)이 반복되며 연출하는 효과가 귀를 즐겁게 해줍니다. 잦은 두운(alliteration)의 등장(2행의 waves, washed, away / 4행의 pains, prey / 10행의 die, dust / 11행의 verse, virtues)도 시의 음악성을 고조시켜줍니다. 특히 마지막 행에서 유성자음(l, r, n)의 반복은 시인이 음에 얼마나 민감한가, 왜 그를 '시인들의 군주'라 부르는가를 여실히 확인시켜줍니다.

앞서 소개한대로 소네트는 이탈리아에서 개발되어 프랑스와 스페인을 거쳐 영국으로 수입된 양식입니다. 영국 말고는 모두 라틴어 계열에 속합니다. 이 언어들은 비슷한 음으로 끝나는 단어가 많습니다. 각운 맞추기가 어렵지 않은 것입니다. 그러나 게르만어 계통인 영어는 비슷한 음으로 끝나는 단어가 많지 않아 각운 밟기가 쉽지 않습니다. 그래서 5개 음으로 14행을 완성하는 이탈리아식 대신 7음으로 14행을 완성하는 영국식 소네트 양식을 따로 개발한 것입니다. 그러나 영어 어휘에 자신이 있는 스펜서는, 각운 체계는 이탈리아식과 분명 다르지만, 각운의 수는 5음으로 한정하는 자신만의 독특한 양식을 고집합니다. 이 소네트는 그의 고집과 자신감이 잘 드러난 작품의 하나라 하겠습니다.

사랑에 빠지면 흔하디흔한 것들도 귀하게 여깁니다. 상상력의 놀라운 창조적 변용이 시작되기 때문입니다. 사랑에 빠지면 누구나 시인이 된다는 말은 그래서 나온 말입니다. 흔한 소재에 낡은 주제의 시이지만 귀를 특히 즐겁게 해주는 이 시를 소리 높여 읽으며 점점 식어가는 사랑의 마음 잘 키워 가시기 바랍니다.

여름보다 아름다운 그대

셰익스피어의 「소네트 18」
("Sonnet 18")

그대를 여름날에 비유할까요?

그대는 더 사랑스럽고 더 온화합니다.

거친 바람이 오월의 소중한 꽃망울을 뒤흔들기도 합니다.

또한 여름의 임대기간은 너무 짧기만 합니다.

때로는 하늘의 눈이 너무 뜨겁게 빛나고

종종 그 황금빛 안색이 흐려지기도 합니다.

모든 아름다움은 언젠가는 그 아름다움으로부터 시들기 마련,

우연 혹은 만물유전의 자연법칙에 따라 손상되는 것입니다.

그러나 그대의 영원한 여름은 시들지 않을 것이며

그 아름다움을 상실하는 일은 결코 없을 것입니다.

죽음도 그대가 자기 그늘에서 방황한다고 자랑하지 못할 것이니

영원한 시행을 통해 시간과 동일한 존재가 되기 때문입니다.

우리가 숨을 쉬고 눈이 볼 수 있는 한 영원히

살아남을 것이며 그리하여 그대에게 생명을 부여해줄 것입니다.

Shall I compare thee to a summer's day?

Thou art more lovely and more temperate.

Rough winds do shake the darling buds of May,

And summer's lease hath all too short a date.

Sometime too hot the eye of heaven shines,

And often is his gold complexion dimm'd;

And every fair from fair sometime declines,

By chance or nature's changing course untrimm'd;

But thy eternal summer shall not fade

Nor lose possession of that fair thou ow'st;

Nor shall Death brag thou wander'st in his shade,

When in eternal lines to time thou grow'st:

So long as men can breathe or eyes can see,

So long lives this, and this gives life to thee.

　　윌리엄 셰익스피어(William Shakespeare, 1564-1616)의 유명한 열여덟 번째 소네트입니다. 시의 영원성이라는 주제를 잘 형상화한 대표적인 작품이라고 할 수 있습니다. 영화 「죽은 시인의 사회」(Dead Poets Society)에서 인용되어 유명해지기도 했습니다.

　　그 영화에는 느완다(Nwanda)라는 조금은 괴상한 친구가 등장합니다. 하느님한테서 전화가 왔다며 조회의 엄숙한 분위기를 한꺼번에 망가뜨린 인물입니다. 동료들이 '죽은 시인의 사회'라는 비밀 동아리를 만들어 산속 동굴에서 모임을 진행하는데, 어느 날 이 친구가 여인을 둘 데려옵니다. 그 중 하나를 향해 이 작품의 첫 대목을 낭송해줍니다. 다른 여인에게는 낭만시인 바이런(George Gordon Byron, 1788-1824)의 「그녀는 아름다움 속에 걷는다」("She Walks in Beauty")의 첫 부분을 낭송해주고요. 물론 여인들은 대단히 즐거워합니다. 예쁘다고 하는 것만도 반가운 일인데 이처럼 달콤한 찬사로 자신들을 표현해주는 걸 어느 누가 거부할 수 있겠습니까?

원래 셰익스피어가 마음에 두고 있었던 건 여인이 아니라 남자 후견인이었습니다. 젊은 후견인의 아름다움을 찬양하며 자기 시의 위대함도 함께 강변한 것이지요. 당시 많은 시인들은 후견인들의 후원을 통해 생계수단을 확보할 수 있었습니다. 다른 사람의 '은총'에 자신의 운명을 의존해야 하는 상태에 처해 있었던 것이지요. 그래서 그 처지를 연인들의 상황에 비유하곤 했습니다. 이러한 관계는 군주와 신하와의 관계로 비유되기도 합니다. 정철의 「사미인곡」이나 「속미인곡」을 연상하면 쉽게 이해할 수 있을 것입니다.

세 관계 모두 한쪽이 다른 쪽을 일방적으로 흠모·구애하고 다른 쪽은 언제나 냉정하고 매몰찬 것으로 그려집니다. 구애하는 쪽은 그 냉정함에 끊임없이 가슴앓이를 하지만 헤어나지 못합니다. 계속해서 상대의 아름다움을 찬양하여 '은총'을 '구걸하는' 것이지요. 군주나 후견인의 변덕에 의해 천당과 지옥을 왔다 갔다 하는 처지가 사랑하는 여인의 변덕으로 희망과 절망을 넘나드는 경우와 흡사한 것이지요.

아름다움을 여름에 비유하는 게 어색하게 들릴 수 있겠습니다. 우리에게 여름은 땀과 무더위를 떠올리게 하니까요. 음습한 기후가 계속되는 영국에서는 따사로운 햇살이 그나마 가끔 나타나는 여름이 보다 긍정적인 의미를 띨 수 있습니다. 영국 사람들이 프랑스 남부나 이탈리아를 그토록 흠모하는 걸 보면 짐작할 수 있는 일입니다.

시인은 그 반가운 여름보다 당신의 아름다움이 더 좋다고 주장하고 있습니다. 여름날에는 거친 바람이 불거나, 너무 뜨겁거나 혹은 흐린 날도 있을 수 있기 때문에. 여름의 기간이 짧다는 것도 부정적 요인으로 거론되고 있습니다. 이는 뒤에 이어지는 영원한 아름다움의 보장과 대비시키기 위한 예비조처라 할 수 있겠지요.

태양을 하늘의 눈으로 비유한 것이나 성경의 구절을 연상시키는 11행 등은 시인의 탁월한 상상력을 보여주는 대목입니다. 만물유전이나 우연에 의한 변화 혹은 시간에 대한 언급 등은 후기 소네트에서 더욱 구체화되는 시간의 파괴력이라는 주제를 예비하는 것입니다. 시의 영원성이란 주제는 바로 이러한 불가항력의 시간에 대한 유일한 저항 방법으로서의 시(예술)의 위대함을 강조하기 위한 것입니다. 이와 비슷한 주제의 소네트와 연계하여 감상하면 시 읽는 재미가 더해질 것입니다.

반전의 묘미

셰익스피어의 「소네트 29」
("Sonnet 29")

운명에 버림받고 세상 사람들로부터 사랑을 받지 못한 채
나 홀로 나의 버림받은 처지를 한탄할 때,
부질없는 아우성으로 귀먹은 하늘을 괴롭히고
내 자신을 돌아보며 나의 운명을 저주할 때,
희망으로 풍요로운 사람 같이 되기를 바라며
친구들이 많은, 그런 사람 같기를 갈망할 때,
이 사람의 기술을 탐내고 저 사람의 역량을 부러워하며
내가 가장 즐기는 것에도 만족을 느끼지 못할 때,
그러나 이러한 생각들 속에 내 자신을 거의 경멸하다가도
우연히 당신을 생각하면 그때 나의 처지는
새벽녘에 음울한 대지를 박차고 솟아오르는 종달새 같아
하늘 문가에서 찬양의 노래를 부르노라.
당신의 감미로운 사랑 떠올리면 너무도 풍요로워져
나는 내 자신의 처지를 왕과도 바꾸지 않으련다.

When, in disgrace with fortune and men's eyes,
I all alone beweep my outcast state,

And trouble deaf heaven with my bootless cries,

And look upon myself, and curse my fate,

Wishing me like to one more rich in hope,

Featur'd like him, like him with friends possess'd,

Desiring this man's art and that man's scope,

With what I most enjoy contented least;

Yet in these thoughts myself almost despising,

Haply I think on thee, and then my state,

Like to the lark at break of day arising

From sullen earth, sings hymns at heaven's gate;

For thy sweet love remember'd such wealth brings

That then I scorn to change my state with kings.

후견인 혹은 연인에 대한 칭송이 절묘한 수사학을 통해 극적으로 표현된 셰익스피어의 대표적인 소네트입니다.

이 시는 저에게 영문학에 입문하는 계기를 제공해준, 남다른 의미를 지닌 작품입니다. 1975년 1월, 대학 1학년 생활을 마치고 새로운 한해를 맞이했을 때. 모두가 그러하겠지만 대학에 진학하면서 엄청난 꿈을 꾸고 거창한 계획들을 세웠겠지요. 하지만 사람 사는 게 꿈대로 계획대로 잘 되던가요? 청운의 꿈을 안고 출발한 대학 1학년을 마감하는 마음은 참담함뿐이었습니다. 강의에 쫓겨 책하나 제대로 읽지 못했지요, 그렇다고 절절한 연애를 해본 것도 아니지요. 열혈 학생들처럼 민주화를 부르짖으며 유신 괴물을 향한 저항에 몸을 내던지지도 못하고. 그냥 어정쩡한 '범생'으로 꿈같은 세월을 허송해버린 것입니다.

그때의 허망함, 참담함, 답답함은 이루 말할 수가 없었습니다. 더구나 계열별 모집이어서 전공조차 정해지지 않아 초조함은 극에 달했습니다. 막연하게 문학을 전공하겠다고 마음먹었지만 구체적으로 무엇을 어떻게 해나갈 것인가에 대해서는 아무런 계획도 전망도 없었던 것입니다.

당시 한참 도스토옙스키(Fyodor Mikhailovich Dostoevskii, 1821-1881) 문학에 취해 있어 러시아문학을 전공하고 싶었지만 제가 다니던 학교에는 그 학과가 없었습니다. 실러(Johann Christoph Friedrich von Schiller, 1759-1805)의 『군도』(Die Räuber)에 매료되어 독문학을 해볼까 하는 마음도 있었지만 언어가 자신이 없었습니다. 결국 할 수 있는 게 영문학일 터인데 그때는 영문학 쪽의 어느 작가나 시인도 짧은 문학 편력의 제 감수성을 유혹하지 못했습니다. 톨스토이(Lev Nikolayevich Tolstoy, 1828-1910)의 소개로 찰스 디킨스(Charles Dickens, 1812-1870)의 『데이비드 코퍼필드』(David Copperfield)를 읽고 있었지만 '이것이다!' 정도는 아니었습니다. 흔히들 '영문학의 꽃은 영시'라고 했지만 제대로 읽고 나름으로 소화해낸 시작품 하나 없었습니다. '이것을 전공해야겠구나!' 할 정도의 매력을 느끼지 못하고 엉거주춤한 상태였던 것입니다.

한 학기가 지나면 전공을 선택해야 하는데, 이러고 있어서는 안되겠다는 생각으로 청계천 헌책방을 찾았습니다. 당시 청계천 동대문 운동장 일대에는 많은 헌책방이 있었습니다. 그곳에서 유명한 『노튼 앤솔로지』(The Norton Anthology)를 한 권 구입했습니다. 미군들이 보다 버린 합본호였습니다.

급한 마음에 긴 글은 읽을 수가 없고 짧은 시들을 처음부터 읽어가기 시작했습니다. 중세영어로 된 초서의 작품은 처음부터 제외되었지요. 지금 생각해보면 르네상스 영시를 '막고 품는' 식으로 읽어 내려갔던 것 같습니다. 감동받을 마음의 준비는 되어 있었지만 감동은 고사하고 이해조차 할 수가 없었습니다.

보름 정도를 낑낑거렸을 것입니다. 셰익스피어의 이 작품과 마주하기까지는. 다른 작품과는 달리 이 작품은 쉽게 해득이 되었습니다. 절묘한 수사법도 마음을 동하게 했고요. 존 키츠는 채프맨(George Chapman, 1559?-1634)이 번역한 호머(Homer)를 처음 읽고 그 감격을 불후의 소네트로 읊조렸습니다만, 글재주가 비천한 저는 지금도 그 감동을 그냥 '참 좋았다!'고 밖에 표현하지 못한답니다.

어찌되었든 이를 계기로 '나도 영시를 공부할 수 있겠구나!' 하는 자신감을 얻게 되었고 영문과를 택하게 되었습니다. 영문학 중에서도 셰익스피어는 아니지만 시를 전공하게 된 것도 이때의 '충격'이 작용하지 않았나 싶습니다.

이 작품은 지금 읽어도 기분이 참 좋습니다. 이 작품에는 후견인에 대한 절절한 칭송, 즉 그가 자기에게 얼마나 소중한 존재인가 하는 게 잘 표현되어 있습니다. 당시 시인의 심경이 잘 반영되어 있다는 점도 감동을 약화시키지는 않습니다.

당시 셰익스피어는 배우로 제대로 자리를 잡지 못했고, 그렇다고 극작가로 인정을 받는 처지도 아니었습니다. 이른바 '대학재사'(University Wit)들이 문단을 주도했으며 셰익스피어에게는 재능을 발휘할 기회조차 주어지지 않는 상황이었습니다. 이러한 자신의 처지를 이 소네트의 옥타브(전반 8행) 부분에서 잘 나타내고 있습니다.

시의 후반으로 넘어가면서 분위기는 반전됩니다. 운도 없고 재주도 없고, 친구도 변변치 않고 지위나 재산을 확보하고 있는 것도 아니고, 자신에게 내세울 만한 게 하나도 없다고 스스로를 경멸하려는 순간 문득 자신을 인정해주고 있는 후견인 생각이 난 것입니다. 그 대목에서 시인은 자신의 처지를 음울한 대지를 박차고 공중으로 치솟아 하늘 문가에서 찬양의 노래를 부르는 종달새에 비유합니다. 찬양의 노래는 누가 부르던가요? 행복한 사람, 스스로 축복 받았다고 여기는 사람, 그래서 자신의 처지에 감사하는 사람만이 찬양의 노래를 부를 수 있는 것 아닌가요?

'음울한 대지를 박차고'라는 비유는 또 얼마나 신선합니까? 절망적 상황을 떨치고 활기차게 다시 일어서는 모습, 이른 새벽 공중으로 날아오르는 종달새를 보고 시인은 바로 이러한 모습을 떠올린 것입니다.

마지막 부분에서 자신의 처지를 왕과도 바꾸지 않겠다는 비유가 조금은 세속적으로 느껴지기도 합니다만, 여기에서도 'state'가 '상태' 혹은 '처지'라는 의미와 '왕국'이라는 의미를 동시에 지니고 있어 나름의 묘미를 더해준다고 할 수 있습니다.

물론 이 작품의 묘미가 이러한 전기적 사실과의 연계성에만 있지는 않습니다. 사랑하는 사람에 대한 지극한 칭송으로 읽힐 수도 있습니다. 아무리 어렵고 힘든 상황에 처하더라도 사랑하는 이만 생각하면 세상에서 가장 행복한 사람이 될 수 있다는 말보다 더한 찬양이 어디 있겠습니까?

워낙 유명한 시라 많은 사람들이 노래로 만들어 불렀습니다. 그 중에서 루퍼스 웨인라이트(Rufus Wainwright)가 곡을 붙이고 노래까지 부른 것을 추천합니다. 나름 시의 분위기를 잘 살려주고 있다고 판단되기 때문입니다.

1973년 뉴욕에서 태어난 웨인라이트는 1998년 데뷔해 많은 음반을 낸 작곡자 겸 가수입니다. 그의 부모도 가수였는데 어린 시절 부모가 이혼하자 캐나다로 이주한 어머니와 함께 퀘벡지방에서 성장했기 때문에 캐나다 가수로 불리기도 합니다. 독특한 목소리에 뛰어난 작곡 능력을 겸비하여 우리나라에도 상당한 애호가들이 있으며 내한공연도 두 번이나 했습니다.

그가 동성애자라는 사실이 이 사랑의 노래와 의미심장한(?) 연결고리가 아닐까, 뜬금없는 생각을 해봅니다. 앞서 밝힌 것처럼 이 소네트는 원래 남자 후견인을 대상으로 한 것이거든요. 14세 때 런던의 하이드 파크에서 한 남자 강도로부터 성적 공격을 받는 등 이색적인 경력을 갖고 있지만, 기타와 피아노를 자유자재로 다룰 수 있는 역량 있는 작곡자요 가수라는 점은 분명합니다. 어릴 때부터 좋아한 오페라가 그의 음악에 중요한 영향을 미치고 있다는 것, 그가 셰익스피어의 여러 작품에 음악을 입힌 것도 주목할 만한 점입니다.

이 노래는 2002년에 발매한 「사랑이 말을 할 때」(When Love Speaks)에 수록되어 있는데, 이 음반에는 50여 편의 셰익스피어 소네트와 희곡작품의 유명 대사가 소개되어 있습니다. 대부분은 유명 배우들이 낭송한 것이고 음악으로 해석한 것은 이 노래가 유일합니다. 2010년에 발표한 음반 「모든 낮은 밤」(All Days Are Nights)에는 셰익스피어의 다른 소네트들이 노래로 만들어져 그의 목소리로 수록되어 있습니다.

심오한 늦침의 묘미

셰익스피어의 「소네트 73」
("Sonnet 73")

그대는 나에게서 이 계절을 보게 될 것이오.

차가운 바람에 흔들리는 나뭇가지, 최근까지

화사한 새들이 노래를 하던, 그 텅 빈 폐허의 합창석에

노란 나뭇잎이 아예 없거나 몇 개만 매달려 있는, 그런 계절을.

그대는 나에게서 보게 될 것이오. 태양이 진 후

모든 것을 휴식으로 봉해버리는 또 하나의 죽음,

그 검은 어둠의 밤이 야금야금 먹어치우는

서쪽으로 사라져가는 날의 황혼을.

그대는 나에게서 보게 될 것이오, 한때는 영양을

공급해주던 것에 질식당한 채, 마지막 숨을 내쉬게 될

죽음의 침상에 누워있듯, 젊음의 재위에

누워있는 그런 등걸불의 타오름을,

이를 깨닫게 되면 그것이 그대의 사랑을 더욱 강하게 해주리

머지않아 떠나야 하는 것은 더 잘 사랑하기 마련이니까.

That time of year thou mayst in me behold

When yellow leaves, or none, or few, do hang

Upon those boughs which shake against the cold,

Bare ruin'd choirs, where late the sweet birds sang.

In me thou see'st the twilight of such day

As after sunset fadeth in the west,

Which by and by black night doth take away,

Death's second self, that seals up all in rest.

In me thou see'st the glowing of such fire

That on the ashes of his youth doth lie,

As the death-bed whereon it must expire,

Consum'd with that which it was nourish'd by.

This thou perceiv'st, which makes thy love more strong,

To love that well which thou must leave ere long.

소네트는 페트라르카로 대변되는 이탈리아 양식과 셰익스피어로 대변되는 영국 양식으로 크게 나눌 수 있습니다. 대체로 이탈리아 양식은 각운이 abbaabba cdecde이고 영국식은 abab cdcd efef gg이지요.

모음이 발달해서 같은 음으로 끝나는 단어가 많은 라틴어 계통의 언어권에서는 자음이 발달한 게르만어 계통의 언어에서보다 각운 밟기가 용이합니다. 서구의 대표적인 정형시인 소네트의 경우 이탈리아어나 프랑스어, 스페인어 등에서는 5개의 각운으로 14개 행을 완성하기가 별로 어렵지 않습니다. 하지만 영어나 독일어에서는 풍성한 어휘력이 요구되는 힘겨운 일이지요. 하여 영국에서는 같은 음으로 끝나는 단어를 둘씩만 찾아도 되는, 7개의 각운으로 14행을 완성하는 각운체제를 구축했습니다. 영어의 언어적 특성에 적합한 형태로 진화한 것이지요.(스펜서처럼 영어 어휘에 자신이 있는 시인은 5개의 각운으로 14행을 완성하는 abab bcbc cdcd ee를 고집하기도 한답니다.)

내용상으로도 이탈리아식은 옥타브(octave 8행)와 세스텟(sestet 6행)의 '밀물-썰물' 구조로 이루어지는 반면 영국식은 3개의 4행연(quatrain)에 하나의 대귀(couplet), 네 부분으로 구성됩니다. 그러나 영국식 소네트의 상당수는 외형만 영국식이고 내용은 이탈리아식의 2중 구조로 되어 있습니다.

외형과 내용이 모두 네 부분으로 이루어져 있는 셰익스피어의 이 「소네트 73」은 영국식 소네트의 전형이라 할 수 있습니다.

평소에는 보는 둥 마는 둥 하다가도 막상 떠난다고 하면 아쉬워하는 게 사람의 마음이지요. 멀리 떠난다고 하면 그 아쉬운 마음이 더 절실해집니다. 영영 떠나간다고 하면 평소의 무관심을 반성하면서 더 절절하게 챙겨주기도 하지요. 이 소네트에서는 그런 보편정서에 기대어 식어가는 사랑의 마음을 되살리려 합니다. 나 늙어 곧 죽게 될 것이니 더욱 사랑해달라는, 조금은 식상한 내용의 호소를 하고 있는 것이지요.

그러나 시는 '무엇을 의미하느냐' 보다 '어떻게 의미하느냐'가 더 중요합니다. 어쩌면 그것이 핵심이자 본질이지요. 이 시에서도 주제는 뻔한 것이지만 그 비유와 이미지가 읽는 이의 마음을 사로잡습니다. 언어의 마술사 셰익스피어 시의 묘미를 잘 보여주고 있습니다.

시인은 늙어가는 자신의 처지를 세 개의 비유를 통해 그려냅니다. 늦가을, 황혼, 꺼져가는 등걸불. 여기까지는 누구나 상상할 수 있지요. 중요한 것은 그 이면, 그 늦가을과 황혼, 등걸불을 어떻게 형용하며 무엇을 함축하고 있는가 입니다.

첫 4행연이 그리고 있는 늦가을의 모습은 찬바람에 휘둘리는 나뭇잎이 한두 개 매달려 있는 쓸쓸한 풍광입니다. 얼마 전까지만 해도 파란 나뭇잎들 사이에 '화사한 새'들이 앉아 노래했는데 이제는 나뭇잎도 사라졌고 새들도 보이지 않습니다.

시인은 이를 폐허가 된 사원의 합창석 이미지로 응축시킵니다. 셰익스피어가 활동하던 시기에 수장령(首長令, Acts of Supremacy)을 통해 로마교회로부터 독립한 영국에서는 많은 사원들이 문을 닫았습니다. 화려한 권위를 자랑하던 사원들이 폐허가 되어 세월의 찬바람을 맞았습니다. 화자는 늙어가는 자신의 처량한 모습을 차가운 바람에 시달리는 늦가을 나뭇가지와 피폐해진 사원의 합창석 이미지로 함축하고 있는 것입니다.

두 번째 4행연은 늙어가는 모습을 죽음과 직접적으로 연결시킵니다. 서쪽으로 사라지는 황혼은 이내 밤의 어둠에 휩싸일 것입니다. 시인은 이 어둠을 '또 하나의 죽음' 혹은 '제2의 죽음'으로 칭합니다. 밤은 휴식을 제공해주지만 죽음의 휴식은 영원합니다. 그 단호함을 그리기 위해 '봉해버린다'(seal)는 단어를 동원합니다. 이 단어는 왕의 칙령처럼 한번 봉해지면 돌이키지 못하는 엄정함을 함축하지요. 죽음이 찾아오면 모든 것이 끝나고 맙니다. 늙음을 넘어 돌이킬 수 없는 죽음까지를 떠올리게 하여 사랑하는 이의 마음을 더 자극하고 있는 것입니다.

세 번째 4행연에서는 비유의 절절함과 미묘함이 절정에 달합니다. 늦가을은 쇠락의 계절인 겨울로 이어지지만 그 겨울의 끝자락은 봄으로 이어집니다. 나뭇잎은 다시 살아나고 새들도 다시 찾아와 노래를 부를 것입니다. 황혼은 어둠으로 이어지지만 그 어둠의 밤은 또 다른 새벽을 예비합니다. 죽음을 함축한다 해도 일시적인 것으로 어느 정도의 여지는 남아 있는 것입니다.

하지만 꺼져가는 등걸불에의 비유는 차원을 달리합니다. 죽음의 침상, 마지막 숨 등을 통해 죽음을 더 명료하게 연상시키면서 돌이킬 수 없음의 속성을 단호하게 함축합니다. 불은 다 타고 나면 되살릴 수가 없습니다. 나 죽어가고 있다고, 다시 돌아올 수 없다고 소리 높여 외치고 있는 것입니다.

그런데 여기서 더 눈여겨 볼 것은 "한때는 영양을 / 공급해주던 것에 질식당한 채"의 역설과 아이러니입니다. 나무가 있어야 불이 잘 탑니다. 나무는 불에 영양을 공급해주지요. 그 나무가 타고나서 재가 되면 이제는 산소의 공급을 차단합니다. 오히려 불을 질식시키는 것이지요.

청춘의 에너지는 생명의 활력이지만 늙어지면 오히려 생명의 기운을 갉아먹을 수 있습니다. 젊어지겠다고 운동에 욕심을 내다가 허리를 다치고 무릎관절을 망가뜨릴 수 있습니다. 지나친 정력도 몸을 쇠하게 하기는 마찬가지죠. 시인은 노욕으로 추해지는 모습까지 비유를 통해 함축하고 있는 것입니다.

시인은 이러한 비유를 통해 당시의 시대상은 물론 세월의 무상함, 늙음과 죽음이라는 보편적 주제까지 건드리고 있습니다. 단순구애의 노래가 아니라 삶과 죽음의 의미에 대한 진지한 되새김까지 견인하고 있는 것입니다.

이에 비해 마지막 대귀는 싱겁다 못해 익살스럽습니다. 이런 정도의 결론을 내리고 그렇게 심오한 비유와 이미지들을 끌어들였나요? 여기에 이 소네트의 또 다른 묘미가 있습니다. 진지한 척 하면서 능치고 농담인 것처럼 말하면서도 의미심장함을 놓치지 않는. 셰익스피어의 장기가 맘껏 발휘되고 있는 것이지요.

순진한 구애

말로의 「열정적인 목동이 애인에게」
("The Passionate Shepherd to his Love")

내게 와 연인이 되어 나와 함께 삽시다.
골짜기와 삼림과 언덕과 들,
그리고 숲과 가파른 산들이 베풀어주는
온갖 즐거움을 우리 함께 맛봅시다.

바위 위에 함께 앉아
양떼를 기르는 목동들의 모습을 즐깁시다.
그 곁 얕은 개울물 흘러내리는 소리에 맞춰
새들이 감미로운 노래를 부르리니.

나 그대에게 장미꽃 침대를 만들어주리.
수많은 향기로운 꽃다발과
꽃 모자와 도금양 잎으로 수놓은
치마도 만들어 주리라.

잠옷은 어여쁜 어린 양의
부드러운 털로 만들어 드리리.

추위를 막기 위해 털로 안을 댄 덧신은
순금 버클로 장식을 하리라.

밀짚과 담쟁이 봉우리로 엮은 벨트는
산호 고리와 호박 단추로 꾸미리라.
만약 이런 즐거움이 그대 마음에 든다면
내게 와 연인이 되어 나와 함께 삽시다.

오월의 아침마다 목동들이 춤추고 노래하리라
그대를 즐겁게 해주기 위해.
만약 이런 즐거움들이 그대 마음에 든다면
내게 와 연인이 되어 나와 함께 삽시다.

Come live with me and be my love,
And we will all the pleasures prove,
That valleys, groves, hills, and fields,
Woods, or steepy mountain yields.

And we will sit upon the rocks,
Seeing the shepherds feed their flocks,
By shallow rivers, to whose falls
Melodious birds sing madrigals.

And I will make thee beds of roses,
And a thousand fragrant posies,

A cap of flowers and a kirtle
Embroider'd all with leaves of myrtle:

A gown made of the finest wool,
Which from our pretty lambs we pull;
Fair lined slippers for the cold,
With buckles of the purest gold:

A belt of straw and ivy buds,
With coral clasps and amber studs;
And if these pleasures may thee move,
Come live with me and be my love.

The shepherd swains shall dance and sing
For the delight each May morning;
If these delights thy mind may move,
Then love with me and be my love.

참으로 소박한 구애의 노래입니다. 산업화와 자본주의화가 본격적으로 진행되기 전이라는 걸 감안해도 너무 천진난만한 전원으로의 초대라 할 수 있습니다. 그렇다고 이 시인을 순진하다고 속단할 이유는 없을 것입니다.

이 시를 쓴 크리스토퍼 말로(Christopher Marlowe, 1564-1593)는 셰익스피어와 같은 시기에 활동했던 극작가입니다. 서른도 못 채우고 요절하는 바람에 셰익스피어만큼 다양한 희곡을 발표하지는 못했지만 작품마다 많은 주목을 받았으며 지금도 걸작으로 평가되고 있는 전도양양한 재사(才士)였습니다. 그러다 술집에서 싸움 끝에 칼에 찔려 허망하게 죽고 맙니다.

말로의 희곡 작품들의 주제나 인물들은 전원의 소박함과는 관계가 없어 보입니다. 그는 인간의 근원적인 욕망과 그로 인한 파멸을 주로 다루었습니다. 그의 주인공들은 작가 자신처럼 강렬하고 극단적인 삶을 살아갑니다. 그들은 개인의 욕망을 제한하고 억압하는 것들을 깨뜨리려 몸부림칩니다. 주어진 것에 유유자적하는 안빈낙도의 삶과는 멀어도 한참 먼 길을 걷고 있었던 것입니다.

절대 권력을 추구하는 『탬벌레인 대왕』(Tamberlaine)의 주인공 '탬벌레인'은 자신의 욕망을 관철시키기 위해 수단과 방법을 가리지 않습니다. 물욕에 사로잡힌 『몰타섬의 유대인』(Jew of Malta)의 주인공도 절제력을 잃고 인간성마저 상실하게 됩니다. 무한한 지식에의 욕망을 충족시키기 위해 악마와의 결탁도 마다하지 않는 『파우스트 박사』(Dr. Faustus)의 주인공에게 '꽃 모자'나 '장미꽃 침대'는 코웃음거리도 되지 못할 것입니다.

인간의 한계와 그것을 부인하려는 어리석음까지를 적나라하게 알고 있는 말로가 왜 이처럼 소박한 전원으로의 초대장을 내미는 것일까요? 우선 당시의 유행을 따른 것이라 치부할 수 있습니다. 심각한 사색과 고뇌의 산물이 아니라, 다른 시인들도 이런 종류의 시들을 발표하니까 따라해 본 것일 수도 있는 것입니다. 그러나 이러한 유행도 그냥 생겨난 게 아님을 주목할 필요가 있습니다.

그 무렵 영국은 스페인의 무적함대를 물리치고 바야흐로 대서양의 새로운 패권국가로 등장하고 있었습니다. 로마교황청의 지휘감독까지 거부하는 데 성공한 영국 왕실은 절대권력을 휘두르게 됩니다. 들쑥날쑥한 은총에 따라 운명이 좌우되는 신하들은 바람 앞의 등불 신세였습니다. 이는 죽 끓듯 하는 아름다운 여인의 변덕에 천국과 지옥을 오르내리며 가슴앓이에 시달려야 하는 사랑에 빠진 사람의 처지와 비슷합니다. 끝없이 후견인의 눈치를 살펴야 하는 시인의 입장과도 흡사하고요.

그러니 덧없음이 문학작품의 주제로 떠오른 것은 매우 자연스러운 일이라 하겠습니다. 당시 시간의 무자비함이라는 주제가 위력을 더했던 것도 세월의 흐름으로 인한 늙어짐, 죽음에 대한 두려움이 작용을 했겠지만 시간에 따라 종잡을 수 없이 방향을 틀고 마는 왕, 여인, 후견인의 은총, 그 변덕으로 인한 허무함과 절망감도 크게 작용을 했을 것입니다.

이런 덧없음에서 벗어나는 길은 무엇일까? 전원으로 돌아가는 길. 일찍이 오류선생(五柳先生)이 갈파한 귀거래혜(歸去來兮)! 속세에서 멀어지는 일일 것입니다. 권력에서 밀려난 궁신, '무자비한 아름다운 여인'에게 버림받은 연인, 후견인의 후광에서 쫓겨난 시인, 그들은 서둘러 '귀거래사'(歸去來辭)를 읊조리며 스스로의 처지를 추스르려 했을 것입니다. 전원생활에 대한 동경이나 찬양은 이렇게 해서 유행처럼 번지게 됩니다. 고상해 보이는 전원시가 기실 「이솝우화」에 등장하는 여우의 '신포도 타령' 연장선상에 있을 수 있다는 진단이 가능한 것도 이 때문입니다.

말로도 이러한 시대의 흐름에서 자유롭지는 못했을 것입니다. 그의 잔혹한 희곡작품들과 이 천진난만한 전원시가 서로 '생뚱맞은' 것이라 할 수만도 없습니다. 극과 극은 통한다고 실은 비슷한 메시지를 전하고 있다고 볼 수도 있는 것입니다. '탬벌레인'이나 '몰타섬의 유대인' 그리고 '파우스트 박사'가 추구하는 권력, 돈, 혹은 인간의 지식 등이 얼마나 부질없고 덧없는 것인가를 이해한다면 목동의 순진한 초대가 예사롭지 않게 들릴 것입니다.

토를 달자면 이들 주인공 모두 순진하다는 면에서는 궤를 같이한다고 할 수 있습니다. 권력이나 돈 아니면 지식으로 모든 게 해결될 수 있다고 믿는 외골수나, '장미꽃 침대'와 '꽃 모자'로 여인의 마음을 사로잡을 수 있으리라 기대하는 무지몽매가 비슷한 수준의 단순함이라 칭할 수 있다는 것입니다.

외골수는 후환을 두려워해야 하지만 무지몽매는 조롱의 대상이 되기 십상입니다. 이 시에 대해 많은 시인들이 답시를 보낸 것도 이런 이유에서 일 것입니다. 그 중 가장 유명한 것은 목동과는 다르게 세상에 일찍 눈을 떠버린 여인의 입을 빈 월터 롤리 경의 「여인이 목동에게」입니다.

얄미운 답장

롤리의 「여인이 목동에게」

("The Nymp's Reply to the Shepherd")

만약 세상 모든 것과 사랑이 항상 젊을 수 있다면,

그리고 모든 목동들의 말이 항상 진실이라면,

그 아름다움이나 즐거움들이 내 마음을 움직여

그대와 함께 살며 그대의 연인이 될 수 있으련만.

시간의 흐름은 양떼를 들판에서 우리로 몰아가고

강물이 얼어붙고 바위가 차가워지면

나이팅게일은 더 이상 노래를 하지 않습니다.

그때가 되면 내내 앞일에 대해 불평만 하게 된답니다.

꽃들은 시들고, 무성한 들판은

무자비한 겨울의 벌에 굴복하게 됩니다.

달콤한 말과 쓰디쓴 가슴은

봄에는 환상적이지만 가을에는 비통으로 변해버립니다.

그 잠옷과, 그 신발과, 그 장미 침대와

그 모자와, 그 치마와, 그 꽃다발은

곤 부서지고, 곤 시들고, 곤 잊혀질 것입니다.
너무 익어버려 결국 썩어버리고 맙니다.

그 밀짚과 담쟁이 넝쿨로 만든 허리띠와
산호 고리와 호박 단추
그 모든 것늘은 결코 내 마음을 움직이지 못하니
그대에게로 가 그대의 사랑이 될 수 없답니다.

그러나 만약 젊음이 지속되고 사랑도 영원히 커져갈 수 있다면
즐거움에 끝이 없고 늙음과 곤궁함도 없다면
그렇다면 그 즐거움들이 내 마음을 움직여
그대와 함께 살며 그대의 연인이 될 수 있으련만.

If all the world and love were young,
And truth in every shepherd's tongue,
These pretty pleasures might me move
To live with thee and be thy love.

Time drives the flocks from field to fold
When rivers rage and rocks grow cold,
And Philomel becometh dumb;
The rest complains of cares to come.

The flowers do fade, and wanton fields
To wayward winter reckoning yields;

A honey tongue, a heart of gall,
In fancy's spring, but sorrow's fall.

Thy gowns, thy shoes, thy beds of roses,
Thy cap, thy kirtle, and thy posies
Soon break, soon wither, soon forgotten.
In folly ripe, in reason rotten.

Thy belt of straw and ivy buds,
Thy coral clasps and amber studs,
All these in me no means can move
To come to thee and be thy love.

But could youth last and love still breed,
Had joys no date nor age no need,
Then these delights my mind might move
To live with thee and be thy love.

말로의 「열정적인 목동이 애인에게」는 많은 시인들의 다양한 답
(반응)을 이끌어냅니다. 주로 그 순진함에 대한 조롱이나 비판을
내용으로 하고 있습니다. 그 중 가장 유명한 것이 목동과는 다르게
세상에 일찍 눈을 떠버린 여인의 입을 빈 월터 롤리 경(Sir Walter
Raleigh, 1552-1618)의 「여인이 목동에게」일 것입니다.

얄밉습니다. 현실이 그렇다는 것을 인정한다 해도 얄밉기는 마
찬가지입니다. 저도 제 딸아이가 순진한 청년에게서 비슷한 청혼

을 받는다면 이러한 답을 권했을 것입니다. 하지만 "그래 너만 세상사에 눈떠 좋겠다!"는 심술을 떨쳐버릴 수가 없습니다. 너무도 당연한 말을 하니 오히려 오기가 발동을 하는 것입니다.

항상 젊은 상태일 수 없다는 거 누가 모른단 말인가? 여름 지나 가을 오면 강물 얼어붙는 겨울이 뒤 이을 거라는 걸 모르는 사람이 어디 있으며, 장미침대나 꽃다발이 덧없다는 것을 모른 채 '담쟁이 넝쿨로 만든 허리띠'나 산호 호박 장식품에 넘어갈 순진둥이가 어디 있단 말인가?

인생은 짧고 세상사는 무상합니다. 청춘의 봄은 덧없고 사랑도 변덕스럽습니다. 영원한 사랑을 다짐하고 소망하지만 '열흘 붉지 못하는 꽃'(花無十日紅)이기 십상입니다. 때문에 이를 넘어서려고 '카르페 디엠'(Carpe Diem)! '현재에 충실하라!'(Seize the Day! 혹은 Catch the Time!)를 외치는 것이겠지요.

말로나 롤리 경이 살던 시대에도 무상성(mutability)은 '시간의 파괴성'과 더불어 시의 중요한 주제였습니다. 전원시가 발달한 것도 이와 무관하지 않습니다. 전원으로 돌아가, 조금은 예측가능하기 때문에 덜 무상할 수 있는, 자연과 더불어 살고 싶다는 소망을 읊조리게 된 것이지요. 도잠선생(陶淵明)이 돌아가자!(歸去來兮) 외쳤던 것처럼 말입니다.

그런다고 전원으로의 초대를 이렇게 무지르는 것은 오히려 오기를 자극합니다. 전원을 찾자는 게 무엇입니까? 세상사에 좀 둔해보자는 거 아닌가요? 약삭빠른 속세의 계산에서 벗어나 천천히 꽃도 보고 나무도 보고 새 소리, 개울물 소리에도 귀를 기울여보자는 것 아니냔 말입니다.

사랑하는 사람이 마련해준 장미침대라면 '가구'가 아니라 '과학'

인, 값비싼 침대보다 훨씬 더 안락할 수 있습니다. 사랑의 징표로 건네준 것이라면 그것이 밀짚으로 된 것이든 담쟁이로 만든 것이든 세상에서 가장 소중한 것이다! 그런 반발심리가 동하게 마련입니다.

이 답시를 읽으며 윌리엄 블레이크의 『순수와 경험의 노래』(Songs of Innocence & of Experience)를 떠올려 봅니다. '인간영혼의 상반된 두 상태를 보여주기' 위한 이 시집의 시들은 서로 비교하며 읽을 때 묘미가 더해집니다. '경험의 노래'가 순수 상태의 한계를 보여주는 것처럼 보이지만 스스로의 한계도 분명하게 함께 드러내고 있습니다. '경험의 노래'를 통해 '순수의 노래'는 의미가 깊어지고 '순수의 노래'와 대조되면서 '경험의 노래'는 의미가 더 분명해지는 것입니다.

이 답시가 지니는, 너무도 당연한 현실을 앞세운 세속성이 오히려 말로 시가 담고 있는 전원으로의 초대 묘미를 도드라지게 해주는 것입니다. 답시는 스스로 깊은 감흥을 불러일으키기 어렵지만 이로 인해 원시가 지니는 의미는 훨씬 풍성해지는 것입니다.

롤리 경이 이를 몰랐을 리 없습니다. 이 상반된 상태를 병치시킴으로써 바람직한 삶의 방향이나 태도가 무엇인지 뒤돌아보는 계기를 마련해주고 싶었을 것입니다. 이기적 계산과 물질문명의 편리성이 훨씬 만연한 오늘날 이런 시를 읽는 이유가 여기 있습니다. 순진무구하게 전원생활에 대한 찬양을 늘어놓기보다는 이를 야유하는 또 다른 의미의 '속 좁음'을 드러냄으로써 오히려 자연과 더불어 사는 삶의 의미를 되새기게 해주는 것입니다.

오늘날, 완전한 전원생활은 꿈조차 꿀 수 없는 일입니다. 말로나 롤리 경의 시대에도 그랬고 도잠선생 시절에도 마찬가지였을 것입니다. 가끔 전원이나 시골을 찾아 우리 스스로를 잠시 뒤돌아보는 것만으로도 큰 의미가 있을 것입니다. 돈 아니면 영리영달, 서두름 아니면 무한경쟁은 잠시 접어둔 채 말입니다. 이들과 무관하게 돌아가고 있는 대자연의 모습을, 자주는 아니라도 가끔은 보아두어야 세속을 견디는 힘도 자라나게 됩니다. 그것도 어렵다면 전원생활에 대한 시나 노래라도 자주 들어야 할 것이고요.

담담한 파격의 수사학

던의 「고별사: 슬퍼하지 말기를」
("A Valediction: Forbidding Mourning")

임종하는 친구들이 슬픔에 잠겨
몇몇은 이제 숨이 끊어진다고, 몇몇은 아니라고 말하는 동안
덕망 있는 사람들이 조용히 죽어가며
자신의 영혼에게 이제 떠나자고 속삭이듯이

우리 그저 녹아내립시다, 아무 소리도 내지 말고
눈물의 홍수도 한숨의 폭풍도 일으키지 맙시다.
속인들에게 우리의 사랑을 말하는 것은
우리의 즐거움을 더럽히는 일이니.

땅의 움직임은 피해와 공포를 불러일으켜
사람들은 그 결과와 의미를 헤아리지요.
그러나 행성의 요동은
훨씬 더 크지만 아무도 개의치 않지요.

둔한 세속인들의 사랑은
(그 핵심이 감각이기에) 서로의 부재를

받아들이지 못하지요, 그 부재가
사랑의 중요한 요소를 제거하기 때문에.

그러나 우리는 사랑으로 너무 순수해져
그 사랑이 무엇인지 우리 자신도 모르지요.
서로의 마음을 안으로 굳게 믿으니
눈도 입술도 손도 그리워하지 않습니다.

그러니 원래 하나인 우리의 두 영혼은
비록 내가 떠나지만 단절이 아니라
확장을 겪는 것이지요.
공기와 같이 얇게 두드려 편 금박처럼 말입니다.

만일 우리 영혼이 둘이라면
굳건한 컴퍼스 다리 둘인 것처럼 둘이지요.
그대의 영혼은 고정된 다리, 움직일 기미를 보이지 않다가
다른 다리가 움직일 때에야 움직이지요.

원의 중심에 가만히 서 있다가도
다른 다리가 멀리 움직이면
그를 향해 몸을 숙여 귀를 기울이고
그가 집으로 돌아오면 이내 똑바로 서게 되지요.

그러니 부디 당신도 그런 사람이 되어 주십시오,
비스듬히 달리는 다리와 같은 나를 위해.

당신의 굳건함으로 내가 반듯한 원을 그리고
떠나온 그 곳으로 돌아갈 수 있도록.

As virtuous men pass mildly away,
And whisper to their souls to go,
Whilst some of their sad friends do say
The breath goes now, and some say, No:

So let us melt, and make no noise,
No tear-floods, nor sigh-tempests move;
'Twere profanation of our joys
To tell the laity our love.

Moving of th' earth brings harms and fears,
Men reckon what it did, and meant;
But trepidation of the spheres,
Though greater far, is innocent.

Dull sublunary lovers' love
(Whose soul is sense) cannot admit
Absence, because it doth remove
Those things which elemented it.

But we by a love so much refined,
That our selves know not what it is,

Inter-assured of the mind,

Care less, eyes, lips, and hands to miss.

Our two souls therefore, which are one,

Though I must go, endure not yet

A breach, but an expansion,

Like gold to airy thinness beat.

If they be two, they are two so

As stiff twin compasses are two;

Thy soul, the fixed foot, makes no show

To move, but doth, if the other do.

And though it in the center sit,

Yet when the other far doth roam,

It leans and hearkens after it,

And grows erect, as that comes home.

Such wilt thou be to me, who must,

Like th' other foot, obliquely run;

Thy firmness makes my circle just,

And makes me end where I begun.

참 단아한 '고별사'(Valediction)입니다. 각 연의 형식도 단정하
고 내용도 이별할 때 요란 떨지 말고 차분하게 맞이하자는 다소곳

한 권유이자 타이름입니다. 하지만 비유는 독특하다 못해 '형이상학'적입니다. 흔히 이 시인을 형이상학파 시의 태두로 칭하는데, 그 결정적인 근거들이 이 시에 많이 녹아 있습니다.

시에서는 '무엇을 의미하는가?'(What does the poem mean?)도 중요하지만 '어떻게 의미하는가?'(How does the poem mean?)도 중요하지요. '하늘 아래 새로운 것은 없다.' 사람들의 인생살이, 그 역사가 유구하다 보니 새로운 주제 찾기는 거의 불가능합니다. 숱한 성현들과 철학자, 예술가들이 인생, 자연, 우주 등에 관한 좋은 이야기는 이미 거의 다 해버렸습니다. 하지만 같은 얘기라도 어떻게 하느냐에 따라 느낌이나 전달력, 혹은 감동이 전혀 달라집니다. 청혼 이벤트가 성황을 이루는 것도 이 '어떻게' 때문이지요. 그냥 멋없이 "결혼해주시겠어요?" 했다가는 평생 구박을 당할 수도 있으니까요.

약간 치매이신 제 어머님 연세가 아흔 다섯입니다. 그런데 당신은 일흔 여덟으로 기억하십니다. 몇 년째 고정입니다. 큰딸이 일흔이 넘었다고 해도 막내아들이 환갑을 진즉 넘었다고 해도 설득 불능입니다. 안타깝습니다. 때로 짜증이 나기도 합니다. 그런데 "엄마 아흔 다섯이에요!" 했을 때 "어디 나이 먹는 데만 다녔는갑다!" 시인처럼 말씀하시면 절로 웃음을 짓게 됩니다. 그 멋진 표현에 걱정도 짜증도 사라지고 맙니다.

시의 요체도 바로 이 지점에 있습니다. 같은 얘기도 '꼰대들'처럼 진부하게 하면 잔소리가 되지만 시인 예술가가 하면 심금을 울립니다. 그런 표현을 할 줄 알아야 시인 예술가가 되는 것이지요. 그래서 시인들은 독특한 표현에 목말라하지요. 때로는 이미지에 기대기도 하고 때로는 상징을 동원하기도 하지요. 이런 식으로 새로운 활로가 개척되면 그것이 유행이 되기도 합니다. 이미지즘이나 상징주의는 그렇게 해서 생긴 사조입니다.

사랑을 소재로 한 시에서는 한때 페트라르카식 비유(기상, conceit)가 유행을 했습니다. 유행은 진부한 표현(cliche)으로 이어져 시의 생명력을 잃게 만듭니다. 셰익스피어가 위대한 시인이 될 수 있었던 건 바로 이런 인습적 유행에 창조적으로 저항했기 때문입니다.

이 고별사를 쓴 시인 존 던(John Donne, 1572-1631)은 좀 더 전략적으로, 그리고 노골적으로 이런 인습에 대응하면서 또 다른 유행을 탄생시켰습니다. 이런 시인들을 '형이상학파 시인'이라 합니다. 그들은 "엘리자베스 시대의 낭만적인 인습에서 벗어나서 페트라르카풍의 기상과 감미로운 표현을 버리고 엉뚱한 심상과 교묘한 논리를 바탕으로 한 새로운 기상을 채택하여 거친 대화체 언어와 율격으로" 시를 썼습니다.

시 초입부의 죽음과 이별의 등치는 비유가 연을 넘어 지속되기 때문에 다소 당혹스러울 수 있습니다. 그래도 누구나 쉽게 상상할 수 있는 부분입니다. 사별은 이별 중 가장 심각하고 궁극적인 것입니다. 그러나 제대로 된 사람(德人 혹은 君子)이라면 이런 큰 이별 앞에서도 요란을 떨지 않습니다. 가벼운 산책 나가듯 (자기 영혼에게) '자 이제 떠납시다!' 하는 것입니다. 그렇지 못한 속인들(小人輩)은 울부짖으면 요란을 떨겠지만요.

이 대목에서도 시인은 페트라르카풍의 비유를 차분하게 해체합니다. '눈물의 홍수'와 '한숨의 폭풍'은 페트라르카풍의 연애시에 등장하는 전형적 너스레입니다. 이를 하지 말자고 하는 건 이런 식의 비유를 거부하겠다는 결기를 동시에 함축합니다. 이별할 때 요란도 떨지 않겠지만, 시에서도 진부한 표현들은 피하겠다는 다짐을 동시에 하는 것이지요.

이런 식의 대비는 지진('땅의 움직임')과 천체의 운행('천체의 요동')으로 이어집니다. 엉뚱하다 싶은 천문학적 지식이 갑자기 끼어듭니다. 모든 우주 천체는 공전과 자전을 하고 있지요. 그 움직임은 지진에 비하면 규모가 훨씬 큽니다. 지진이 발생하면 사람들이 공포에 떨지만 더 큰 천체의 요동은 개의치 않습니다. 빈 수레가 요란한 셈이지요. 뜬금없다 싶었는데 그 논리를 보니 충분히 수긍이 갑니다. 형이상학적 비유가 설득력을 얻은 것입니다.

이어 본격적으로 속인들의 사랑과 제대로 된 사람들(화자)의 사랑을 비교합니다. 속인들 사랑의 근본 요소는 육신의 감각입니다. 그러니 그 부재를 받아들일 수 없습니다. 이별을 견디지 못하는 것이지요.

이 부분에서 주목할 곳은 'sense'와 'Absence'의 말장난(pun)입니다. 'Ab-'는 뭐가 없는, 부재를 의미합니다. 하여 Absence를 Ab+sense! 그리하여 '감각(sense)이 없는'으로 여기게 하는 것이지요.

감각을 위주로 하는 세인들의 사랑과는 대조적으로 '우리의' 사랑은 정신적인 것입니다. 사랑으로 순수해져서 감각적인 사랑이 무엇인지조차 알지 못합니다. 마음으로 서로 믿고 있기 때문에 속인들이 사랑을 확인하는 도구로 사용하는 눈이나 입술, 손이 없다 해도 문제될 게 없습니다. 눈을 마주치거나 손을 잡거나 입맞춤을 하지 않아도 서로의 사랑을 믿습니다. 그러니 이별이 대수롭지 않은 것이지요.

이어서 또 하나의 독특한 비유가 등장합니다. 이별을 단절이 아니라 확장으로 여기는. 이 대목에서는 금의 놀라운 확장성에 기댑니다. 금속학 지식이 동원되는 것입니다. 금이 귀금속으로 대접받게 된 건 화려한 색감 때문만이 아니라 그 놀라운 확장성 때문이기도 합니다. 가볍고 화려한 걸 만드는 데 요긴하게 쓰이는 것이지요. 금은 금속 중 가장 순수한 것으로 여겨집니다. 사랑으로 순수해진 사람들의 이별은 끊어지지 않고 순수한 금박처럼 무한 확장되는 것입니다.

뒤이어 둘이면서 하나라는 역설적 비유로 유명한 컴퍼스가 등장합니다. 컴퍼스는 평소 움직임이 없다가 한쪽 다리(영혼)가 움직이면 다른 쪽 다리도 함께 움직이기 시작합니다. 짝이 멀리 떠나면 그 쪽을 향해 몸과 마음을 기울이는 것입니다. 평소 무심한 듯 오롯이 자신의 세계만 돌보는 것 같지만, 짝이 멀어지면 그만큼 그 쪽으로 더 신경을 쓰게 됩니다. 짝이 멀어지면 멀어질수록 그를 향한 마음의 기울기가 가팔라지는 것이지요.

절묘한 기하학적 비유는 마지막 연에서 절정에 이릅니다. 컴퍼스의 중심 다리가 굳게 자리를 잡아주어야 원이 완성될 수 있습니다. 사랑하는 이도 집을 지키는 짝이 중심을 잘 잡고 있어야 제대로 되돌아올 수 있습니다. 그래야 사랑이 완성될 수 있습니다. 컴퍼스가 그리는 원이 사랑의 완성이라는 상징적 의미로 이어지는 것이지요.

무심한 듯 담담하게 이별을 말하지만 비유는 파격적입니다. 이제까지의 사랑시나 연애시에서는 찾아볼 수 없는 천문학, 기하학, 금속학 지식에 근거한 '형이상학'적 비유를 통해 논리적으로 설득합니다. 낯설지만 읽는 이로 하여금 자기도 모르게 미소 짓게 합니다. 그러면서 사랑하는 사람끼리의 바람직한 관계가 어때야 하는

가를 은연 중 보여주고 있습니다.

 감수성의 분열을 염려한 시인 엘리엇(Thomas Stearns Eliot, 1888-1965)은 감성과 지성이 통합된 이런 시를 '현대시'의 모범으로 추켜세웠습니다. 하여 비아냥거림의 의미로 처음 등장했던 '형이상학파 시'는 바람직한 시의 한 모범으로 불리게 됩니다. 200여 년 동안 도외시되던 존 던 시인이 화려하게 부활하면서 이 시는 그 대표적 예로 칭송되고 있습니다.

세상에서 가장 아름다운 여인

포의 「헬렌에게」
("To Helen")

헬렌, 그대의 아름다움은 나에게,
방랑에 지친 고단한 나그네를
향기로운 바다 위를 지나
고향의 바닷가로 부드럽게 실어다준
저 옛날의 니케아 범선과 같다오.

그대의 히아신스 빛깔의 머리와 고전적인 얼굴,
물의 요정을 닮은 자태는
거친 바다에서 오랫동안 떠돌던 나에게
그리스의 영광과
로마의 장엄함을 절감케 해준다오.

보라! 나는 저기 찬란하게 빛나는 창가에
손에는 마노 보석 등을 들고서
마치 조각상처럼 서있는 그대를 보오.
아 성스러운 땅에서 온
프시케여!

Helen, thy beauty is to me
Like those Nicéan barks of yore,
That gently, o'er a perfumed sea,
The weary, way-worn wanderer bore
To his own native shore.

On desperate seas long wont to roam,
Thy hyacinth hair, thy classic face,
Thy Naiad airs have brought me home
To the glory that was Greece,
And the grandeur that was Rome.

Lo! in yon brilliant window-niche
How statue-like I see thee stand,
The agate lamp within thy hand!
Ah, Psyche, from the regions which
Are Holy-Land!

「헬렌에게」는 여인의 아름다움을 찬양한 대표적인 시입니다. 조숙한 포(Edgar Allan Poe, 1809-1849)가 14세 때 만난 친구의 어머니(Jane Stanard)를 흠모해서 쓴 시로 알려져 있습니다. 하지만 모든 시가 그러하듯 전기적인 배경에 얽매일 필요가 없는, 오히려 얽매이면 많은 묘미를 놓칠 수 있는 작품입니다. 1831년 발표되었다가 1845년 일부 수정된 것도 이와 무관하지 않을 것입니다.

헬렌은 트로이 전쟁의 원인이 되었던 "세상에서 가장 아름다운 여인"입니다. 아름다운 여인의 원형이요 대명사라 할 수 있습니다. 누가 어느 여인에게 '나의 헬렌'(my Helen)이라 부른다면 그녀를 세상에서 가장 아름다운 여인으로 생각한다는 뜻입니다. 그때 '내 이름은 줄리인데요!'라고 정정을 해대면 무지만 드러내는 꼴이 됩니다. 누가 '당신의 파리스로부터'(from your Paris)라고 했다면 프랑스 파리에서 편지를 보낸 게 아니라, '당신을 세상에서 가장 아름다운 여인으로 생각하며 열렬히 사랑하는 사람으로부터'라는 뜻으로 알아차려야 합니다. 파리스는 헬렌의 아름다움에 매혹되어 그녀를 자기 나라로 납치해간 트로이 왕자의 이름입니다.

이 시는 헬렌을 내세워 (여인의) 아름다움의 의미와 그 효과를 잘 표현하고 있습니다. 첫째 연에서는 여인의 아름다움은 방랑에 지친 나그네를 고향에 안주하게 해준다고 읊고 있습니다. 인생은 흔히 항해에 비유됩니다. 험한 파도와 폭풍우를 견뎌야 하며 잔혹한 햇볕도 감당해야 합니다. 때로는 방향을 잃고 망망대해를 헤맬 수도 있습니다. 그럴 때면 누구나 편안한 고향과도 같은 곳에 정착하고 싶어집니다. 여인의 아름다움은 그것을 가능하게 해주는 승리의 범선과 같습니다. 많은 이들이 여성성에서 영원한 구원의 상징을 찾는 것도 이 때문입니다.

둘째 연에서는 아름다움의 구체적인 모습을 절묘한 비유로 그려내고 있습니다. 히아신스 빛깔의 머리, 균형과 조화의 고전적인 얼굴, 물 요정의 신비롭고 품위 있는 자태 등. 여기서 주목할 점은 탁월한 문명관이 비유로 제시되면서 시적 묘미를 한층 고조시켜주고 있다는 것입니다. 시인은 그리스 문명과 로마 문명의 핵심 가치를 영광과 장엄으로 요약합니다. 서구 문명의 시작이라 할 수 있는 미케네나 트로이의 찬란한 문명은 분명 영광스러운 것입니다. 이를 이어받은 로마의 콜로세움이나 아레나, 잘 정비된 거대 도로망의 위엄은 장엄함 말고 다른 말로 표현하기 쉽지 않습니다.

여인의 아름다움이 인류의 자랑스러운 두 문명을 한꺼번에 대변해주고 있다고 칭송하고 있는 것입니다. 당신을 보면 그리스 로마 문명의 정수를 함께, 그것도 절실하게 느낄 수 있다는 말보다 더한 찬양이 있을까요?

칭송은 여기서 멈추지 않고 사랑의 고백으로 이어집니다. 아름다움이 사랑의 원동력임을 큐피드-프시케 신화를 근간으로 함축적으로 묘사합니다. 이 부분은 전기적 사실과도 연결되어 있습니다. 포가 친구와 함께 있다가 늦게 귀가할 때쯤 스타나드 부인이 등불을 들고 대문 앞에서 아들을 기다립니다. 이미 흠모의 마음으로 가득한 포는 이를 에로스를 기다리는 프시케의 모습으로 상상합니다.

아름다움은 사랑의 촉발제입니다. 그리스 신화에서도 출생이 빠른 사랑의 신 에로스(Eros, 로마에서는 Cupid)가 미의 여신(Aphrodite, 로마에서는 Venus)의 아들로 정리됩니다. 혼돈(Chaos)에서 우주(Cosmos)가 비롯될 때, 거의 같이 태어난 에로스는 원래 음(feminine principle)과 양(masculine principle)의 결합을 관장하는 생명의 원리였습니다. 그런데 미의 여신 심부름꾼으로 자리매김하는 것입니다.

이 시에서는 아름다운 헬렌이 사랑(큐피드)을 인도하는 등불을 든 프시케로 그려지고 있습니다. 마지막 행의 '성스러운 땅'은 이러한 신화의 나라 그리스와 로마를 연상시킵니다. 동시에 사랑의 숭고함과 신비로움을 함축하기도 합니다.

워낙 유명한 작품이라 연극 영화 등 여러 장르에서 자주 인용되고 있습니다. 재미있는 것은 영화 「레이디 킬러」(The Ladykillers)에서 희화적으로 인용된 것입니다. 사기꾼 대학교수 톰 행크스(Tom Hanks, 1956-)의 과장된 연극풍 낭송과 이에 현혹된 듯한 여인들의 표정, 낭송을 마친 행크스가 다리 밑으로 추락하는 등 영화의 희극적 분위기를 잘 살려줍니다. 시의 묘미를 반감시킨다고 여길 수도 있지만, 여인들의 환심을 사려는 사기꾼 교수로서는 어울리는 선택이 아닌가 합니다. 이를 통해 많은 이들이 이 작품에 관심을 갖게 되었으니 안타까워할 일만은 아닌 듯합니다.

보상받지 못한 사랑

예이츠의 「버드나무 정원에서」
("Down By the Salley Gardens")

버드나무 정원에서 내 사랑과 나는 만났었다네

눈같이 흰 작은 발로 버드나무 정원을 지나가며 그녀는

내게 일렀어, 나무에 나뭇잎이 자라듯이 그렇게 사랑을 서두르지 말라고

하지만 젊고 어리석은 나는 그녀 말에 동의하지 않았지

강가 들판에서 내 사랑 그녀와 나는 서 있었다네

그녀 쪽으로 기댄 내 어깨에 눈같이 흰 손을 얹으며 그녀는

내게 일렀어, 강둑에 잔디가 자라듯이 그렇게 인생을 서두르지 말라고

하지만 젊고 어리석었던 나의 눈에는 지금 눈물이 가득하다네

Down by the salley gardens my love and I did meet;

She passed the salley gardens with little snow-white feet.

She bid me take love easy, as the leaves grow on the tree;

But I, being young and foolish, with her would not agree.

In a field by the river my love and I did stand,

And on my leaning shoulder she laid her snow-white hand.

She bid me take life easy, as the grass grows on the weirs;

But I was young and foolish, and now am full of tears.

예이츠(William Butler Yeats, 1865-1939)의 「버드나무 정원에서」는 아일랜드 민속 음악(folk song)으로 더 친숙할 수도 있습니다. 1889년에 처음 발표된 이 시는 1909년에 허버트 휴즈(Herbert Hughes, 1882-1937)가 옛 아일랜드 멜로디를 차용하여 곡으로 만들었지요. 이후 이 곡은 모든 아일랜드 포크송을 통틀어 가장 많이 녹음되었고, 가장 다양한 음악인들의 사랑을 받았습니다. 대시인이 썼다고 보기에는 너무나 소박한 가사가 대중의 마음을 이끈 걸까요? 아니면 이 시의 뿌리가 애초에 아일랜드 민요였기에 그런 걸까요? 우리나라에서도 팝페라 가수 임형주의 노래로 많은 사랑을 받았습니다.

예이츠는 1889년 런던에서 발표한 첫 시집에 이 시를 수록하며 「다시 노래하는 옛 노래」라고 제목을 붙였습니다. 그리고는 시의 모티프가 된 옛 노래에 대해 "언젠가 발리소다레(Ballisodare) 마을에서 어느 노인에게 들었던 세 줄 정도의 민요를 확대하여 재창조한 것"이라고 주석을 달았습니다. 이후 1895년에 출판한 시선집에서 「버드나무 정원에서」라는 제목을 처음 사용했습니다.

시의 내용은 어느 젊은이의 보상받지 못한 사랑을 다룬 매우 단순한 이야기입니다. 버드나무 정원에서 아름다운 소녀를 만나고, 나뭇잎이 자라듯이 천천히 사랑하자고 소녀는 청하지만, 어리고 어리석은 그는 그녀의 청을 받아들이지 못하고 결국 소녀를 잃고 한탄하며 눈물로 마감한다는 이야기입니다. 그런데 독자는 두 사람 관계가 깨어지게 된 확실한 이유를 알지 못합니다. 젊은이가 너무 빠르게 일을 진행하려고 하자 소녀가 놀라서 도망쳤다는 추정을 할 뿐입니다. 이러한 열린 결말이 오히려 독자의 상상을 자극하여 감동을 낳는지도 모릅니다.

제목의 'salley'는 게일어로 'willow' 즉 버드나무를 뜻합니다. 예이츠가 어린 시절 많은 시간을 보냈던 외갓집 동네 슬라이고(Sligo) 카운티를 비롯해 아일랜드 전원에는 버드나무가 흔했답니다. 버들가지로 지붕을 이었기 때문에 버드나무를 재배하는 밭이 곳곳에 있었답니다. 버드나무숲은 젊은 연인들의 밀회가 이루어지는 장소이기도 했답니다.

청춘남녀의 순수한 사랑을 그리는 이 시를 읽노라면 영화 「초원의 빛」이 떠오릅니다. 눈처럼 새하얀 발과 손이라는 시의 이미지와, 영화의 여주인공 윌마의 새하얀 원피스와 모자 차림의 이미지가 겹쳐집니다. 남자친구 버드를 순수하게 사랑하지만 그의 격정적 돌진에 순응할 수 없는 윌마의 내적 갈등과 파국은 이 시에 함축된 파국의 스토리와 대칭을 이룹니다. 한때 빛나던 초원의 빛과 꽃의 영광은 결코 되돌릴 수 없습니다. 그렇기에 더 아름다운 추억이 되고 성장의 자양분이 되는 건 아닐까요. 버드나무 정원의 소년도 초원의 빛의 소녀도 한때의 빛과 영광이 돌아오지 않음을 서러워하지 않고, 그 속에 간직된 오묘한 힘을 찾음으로써 성숙해질 수 있을 것입니다.

20세기의 대표적 영미 시인으로 알려진 예이츠는 아일랜드의 더블린에서 태어났습니다. 2세 때 가족과 함께 런던으로 이주했다가 15세 때 다시 더블린으로 돌아와 평생을 살았습니다. 런던에 거주할 때도 휴가철에는 외가가 있는 슬라이고 카운티에서 많은 시간을 보냈는데 그 시절의 기억이 시인에게 엄청난 자양분이 되었다고 합니다.

해롤드 블룸(Harold Bloom, 1930-2019)은 시인을 두 부류로 나눌 수 있다고 했습니다. 계속해서 발전하는 시인과, 스스로를 계속 펼쳐 보이는 시인. 블룸에 의하면 예이츠는 블레이크, 셸리와 함께 두 번째 부류에 속합니다. 예이츠의 초기 시에는 후기 시의 싹이 내재되어 있습니다. 그 싹의 대부분은 아일랜드의 전통 설화를 비롯하여 아일랜드 자체라고 해도 과언이 아닙니다.

예이츠는 만년에 미국으로 강연 여행을 다니며 기금을 모으기도 했습니다. 1932년의 강연 여행 중에 예이츠는 한때는 하찮게 여겼던 자신의 초기 시 「버드나무 정원에서」를 낭송하기도 했습니다. 만년의 예이츠는 외적으로나 내적으로나 최상의 아름다움을 지녔다고 주변인들은 전하고 있습니다. 그의 마지막 시집이 풍기는 가식적이고 심술궂으며 성마른 노인의 모습은 볼 수 없었다고 합니다.

예이츠는 1939년 1월, 74세의 나이로 남프랑스에서 사망하여 그곳 르꼬르뷔지에(Roquebrune) 묘지에 묻혔다가 뒤에 자신의 뜻대로 슬라이고 카운티의 드럼클리프에 안장되었습니다. 장례식은 르꼬르뷔지에에서 치러졌지만 런던과 더블린에서 각각 추모식이 거행되었습니다. 시인 엘리엇이 더블린으로 가서 추모사를 했습니다. 엘리엇은 예이츠에 대해 "우리 시대 최고의 시인—영어권에서는 확실히 가장 위대한 시인이며, 적어도 내가 판단하기로는 모든 언어권을 통틀어 가장 위대한 시인"이라고 했습니다. 그의 추모사를 조금 더 볼까요?

"어떤 시인들의 시는 따로 떼어서 읽어보며 체험과 기쁨을 얻을 수도 있다. 그런데 똑같이 체험과 기쁨을 주면서 보다 광범위한 역사적 중요성을 지니는 시를 쓰는 시인들이 있다. 예이츠는 후자에 속하는데, 특히 그는 극소수의 시인 즉 자신의 역사가 우리 시대의 역사이며, 스스로가 자기 시대의 의식의 일부이고, 그들 없이는 이해될 수 없는 시대 의식의 일부인 시인 중의 하나이다."

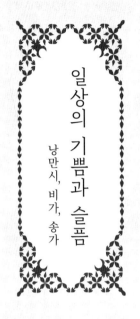

2부

일상의 기쁨과 슬픔

낭만시, 비가, 송가

낭만주의의 특징은 평범한 것에서 비범한 의미를 찾는 것이다. 의미가 객관 대상에 있지 않고 주관에 의해 형성되거나 창조된다고 여기는 낭만시인들에게 상상력은 무엇보다 중요하다. 그들에게 종달새나 무지개는 단순한 자연물이 아니라 다른 무엇의 상징이다. 그들은 표피 뒤에 숨겨진 본질을 꿰뚫어보면서 '일상의 기적'을 노래한다. 시에서 진부함은 죽음이다. 시의 전통은 진부함을 깨려는 수많은 창조적 노력으로 이어진다. 서사시 못지않은 역사와 전통을 자랑하는 '비가'와 '송가'는 진지한 철학적 사색을 기반으로 삶과 죽음이라는 주제를 다룬다.

기억되고 싶은 대로 살아라!

그레이의 「묘비명」
("The Epitaph")

여기, 부귀와 명예를 알지 못했던 한 젊은이가
대지의 무릎에 머리 베고 누워 있다
아름다운 학문은 그의 비천한 태생에 얼굴을 찡그리지 않았고
우울의 여신은 그를 자기 것으로 점찍었다

그의 너그러움은 컸으며 영혼은 진지했다
하늘도 마찬가지로 큰 보상을 내려주었다
그는 가엾은 자에게 자신이 가진 모든 것, 눈물을 줬고
하늘로부터 자신이 바라던 모든 것인 한 친구를 얻었다

더 이상 그의 장점을 밝히려 하지 마라
약점들도 그 두려운 거처에서 끌어내지 마라
그들 모두 똑같이 떨리는 희망 안고 누워 있나니
그의 아버지, 그의 하나님 품안에

Here rests his head upon the lap of Earth
A Youth, to Fortune and to Fame unknown.

Fair Science frown'd not on his humble birth,

And Melancholy mark'd him for her own.

Large was his bounty, and his soul sincere;

Heaven did a recompense as largely send:

He gave to Misery all he had, a tear,

He gain'd from Heaven 'twas all he wish'd, a friend.

No farther seek his merits to disclose,

Or draw his frailties from their dread abode,

(There they alike in trembling hope repose)

The bosom of his Father and his God.

어떻게 기억되기를 바라는가, 더 이상 아무런 변명도 거짓 화장도 할 수 없게 되었을 때? 살아 있을 때는 얼마든지 잘못을 바로잡을 수 있습니다. 더 많은 좋은 일로 덮을 수도 있지요. 그러나 숨이 멎고 더 이상 움직이지 못하게 되면 그저 세상의 평판에 기댈 수밖에 없습니다. 죽으면 끝이라 하지만 좋게 기억되기를 바라는 마음은 누구에게나 있을 것입니다.

괜찮은 방법의 하나는 스스로의 묘비명을 남기는 것입니다. 더 확실하게 하려면 이를 유언에 적시하는 것이고요. 하지만 묘비명의 내용과 실제 삶의 모습에 괴리가 심하면 죽어서도 웃음거리가 되겠죠. 가장 바람직한 건 기억되기 바라는 대로 묘비명을 미리 써놓고 그대로 살아가는 거라 할 수 있습니다. 스스로의 삶을 뒤돌아보고 미래의 계획을 세워나가기 위해 묘비명을 한번 써보라 권유하는 건 이런 이유 때문일 겁니다.

18세기 영국의 유명한 시인 그레이(Thomas Gray, 1716-1771)는 그 시범을 잘 보여주었습니다. 그는 부귀나 명예에 연연하지 않겠다고 마음먹었습니다. 비록 가난하지만 공부는 열심히 하겠노라 다짐도 합니다. 시인이 되겠다는 것도 그의 결의이자 소망입니다. (우울은 진시한 시인들의 대표적인 정서입니다!)

그는 가난한 사람들에게 관대하고 싶었습니다. 하지만 가진 건 마음뿐이라 진심을 다해 눈물로 동정하는 게 고작이었습니다. 경거망동하지 않고 진지하게 처신하겠다는 것도 중요한 마음가짐이었는데, 보상으로는 참된 친구 하나를 원했을 뿐입니다.

참으로 소박하지만 진정어린 삶의 태도라 하겠습니다. 닮고도 싶은. 더 이상 잘했다 잘못했다, 왈가왈부하는 것은 원하지 않습니다. 신의 입장에서 보면 하찮은 분별에 지나지 않기 때문입니다. 기독교인의 입장에서, 최후의 심판은 두려움이자 희망의 대상입니다. 살아 있을 때 아무리 좋은 일을 많이 해도 그게 그거고 아무리 나쁜 일을 저질렀다 해도 하나님의 눈으로 보면 별 게 아닌 것입니다.

이런 묘비명 앞에서라면 세상의 처절한 아웅다웅이 가소롭게 보일 겁니다. 무엇이 되겠다고, 무엇을 이루겠다고 발버둥치는 것도 뒤돌아보게 될 테고요. 지구 종말과 관련된 일도 아니고 인류 운명을 좌우할 일도 아닌데 왜 그렇게 쉽게 목숨을 걸고(決死) 싸우는 것인지, 그런 반성을 하게 되는 것입니다.

「묘비명」은 그레이의 유명한 「시골교회묘지에서 읊은 만가」("Elegy Written in a Country Churchyard")의 마지막 부분입니다. 우울에 저당 잡힌 시인답게 그는 혼자만의 산책을 즐깁니다. 하루 해가 저무는 시골 교회묘지 근처입니다. 교회의 저녁 종소리가 조종(弔鐘)처럼 들려오고 하루 일을 마친 농부들도 지친 발걸음으로 집을 향하고 있습니다. 이내 어둠이 닥치고 풍뎅이 날개 짓 소리와 먼 우리에서 들려오는 양들의 방울소리, 낯선 이를 경계하는 부엉이 울음소리가 고요함을 더 잘 느끼게 해주고 있습니다.

끝과 마감의 분위기 속에서 시인의 시선은 자연스럽게 교회묘지로 향하고 그곳에 묻혀 있는 사람들에 대한 생각으로 깊어집니다. 죽음의 불가피성, 죽음의 보편성을 떠올리며 그곳에 묻힌 사람들은 누구이며 어떤 삶을 영위했을까 상상의 나래를 펼쳐봅니다.

누구나 자신의 잠재력을 다 발휘하며 살아가지는 못합니다. 위대한 밀턴과 같은 시적 능력을 갖고 태어났어도 환경 때문에 그것을 발휘할 기회를 얻지 못한 사람도 있을 것입니다. 크롬웰(Oliver Cromwell, 1599-1658)과 같은 기질을 갖춘 사람도 기회를 못 만나면 조국을 피로 물들이는 죄를 범하지 못하게 됩니다. 이를 시인은 다음과 같은 비유로 뭉뚱그립니다.

> 깊이를 헤아릴 수 없는 심연의 동굴에는
> 순수하고 고요한 빛의 수많은 보석이 묻혀 있고
> 많은 꽃들이 보이지 않는 곳에 피어나
> 사막의 공중에 향기를 허비한다.

그러나 이들 모두 그냥 잊혀지는 건 꺼려할 것입니다. 숨을 거두면서도 자식들의 효성어린 눈물을 기대하며 죽어서 재가 되어서도 기억되기를 염원할 것입니다. 이러한 인간의 보편적 욕망을 시인은 또 적절한 수사의문문으로 그려냅니다.

둔한 망각의 제물이 되어
이 즐겁고 걱정 많은 삶에서 물러날 때
쾌활한 날의 따뜻한 마당을 떠나면서
그립고 망설이는 눈길로 뒤돌아보지 않는 이 그 누가 있으리?

그래서 궁륭지붕의 거대한 무덤이나 이력이 기록된 유골함이 필요합니다. 피라미드, 고인돌, 진시황릉, 호화분묘 등이 조성되기도 하고요. 가난한 이들이라고 그런 욕망이 없을까요? 그렇다고 달아나는 숨을 되돌릴 수는 없지만.

시인은 이를 헤아려 한숨이라는, 자신이 할 수 있는 최대의 공양을 보시합니다. 그런 과정에서 자연스럽게 스스로의 죽음도 생각합니다. 그런 사유의 마무리로 이 묘비명이 첨부된 것이지요.

진지한 삶을 위해서라면 죽음을 생각하지 않을 수 없습니다. 언제 끊어질지 모르는 운명의 실, 그래서 어느 하루도 허투루 살 수 없는 거지요.

그런 마음으로 스스로의 묘비명을 한번 써보는 건 어떨까요? 이럴 때 제가 좋아하는 킹 크림슨(King Crimson)의 「묘비명」(Epitaph)이 안성맞춤한 배경음악이 될 수 있을 것입니다. 노랫말의 내용은 이 시의 분위기와는 전혀 다르지만 말입니다.

태양을 흠모하는 꽃

블레이크의 「아 해바라기여!」
("Ah, Sun-flower")

아 해바라기여! 시간에 지쳐
태양의 발걸음을 헤아리는,
여행자의 여정이 끝나는
감미로운 황금나라를 추구하는.

그곳은 욕망으로 파리해진 젊은이와
눈빛 수의를 입고 있는 창백한 처녀가
무덤에서 일어나 가고 싶어 하는 곳.
나의 해바라기가 가고 싶어 하는 곳.

Ah Sun-flower! weary of time,
Who countest the steps of the Sun;
Seeking after that sweet golden clime,
Where the traveler's journey is done;

Where the Youth pined away with desire,
And the pale Virgin shrouded in snow,

Arise from their graves, and aspire,

Where my Sun-flower wishes to go.

윌리엄 블레이크(William Blake, 1757-1827)의 시집 『순수와 경험의 노래』에 실려 있는 '경험의 노래'입니다. 시인 특유의 '보여주기' 전략에 의해 다양한 해석이 가능한 대표적 상징시입니다.

'보여주'는 것은 대변하는 것과 다릅니다. '순수의 상태'이든 '경험의 상태'이든 시인은 그 어느 하나를 대변하려 하지 않습니다. 물론 각각의 노래에서는 스스로의 상태를 강조하거나 상대방의 입장을 분명하게 비판하고 있습니다. 그러나 그 주체는 시인 자신이 아니라 그가 뒤에서 조정하는 (순수 혹은 경험의) '대변인'입니다. 시인은 제3자의 입장에서 두 상태를 비교 대조하여 '보여주'고 있을 뿐입니다. 자신의 입장은 숨긴 채 '숨은 신'(hidden God)처럼 두 상태 너머 부재(不在)로 존재하면서 둘의 변증법적 지양(止揚)을 도모합니다.

이처럼 복잡한 연출을 통해 전하려는 의미는 독자의 또 다른 변증법적 상상력에 의해서만 포착될 수 있습니다. 독자는 시인이 제공하는 다양한 단서에 주목해야 합니다. 그래야 애매성을 넘어서 시의 묘미를 제대로 향유할 수 있습니다.

모든 상징시가 그러하듯 이 시에 대한 해석도 다양합니다. 가장 흔한 것은 클리티에(Clytie)와 태양의 신 하이페리온(Hyperion) 신화에 근거하여 좌절된 사랑으로 읽는 것입니다.

클리티에는 물의 요정입니다. 그녀는 하이페리온(혹은 아폴로)을 사랑합니다. 그러나 하이페리온은 그 사랑을 받아주려 하지 않습니다. 절망한 클리티에는 머리칼을 풀어헤친 채 하루 종일 차가운 땅 위에 앉아 있습니다. 오랫동안 그렇게 앉아서 아무것도 먹지 않고 마시지도 않아 점점 파리해져 갔습니다. 자신의 눈물과 찬 이슬이 유일한 음식물입니다. 그녀는 해가 떠서 하루의 행로를 마치고 서산 너머로 질 때까지 줄곧 태양만 바라보고 있습니다. 그러다 마침내 그녀의 다리는 땅속에 뿌리를 내렸고 얼굴은 태양을 닮은 꽃 (해바라기)이 되었습니다. 해바라기는 동쪽에서 서쪽으로 움직이는 태양을 따라 함께 얼굴을 움직이며 늘 태양을 바라봅니다. 하이페리온에 대한 사랑을 여전히 간직한 채.

블레이크의 『천국과 지옥의 결혼』(The Marriage of Heaven and Hell)에 나오는 '지옥의 잠언'(Proverbs of Hell)에 익숙한 독자라면 좌절된 욕망에 대한 시로 읽을 것입니다. 땅에 붙박여 있으면서 하늘의 태양을 동경하는 해바라기는 경험의 시공간에 갇혀 욕망을 실현하지 못하는 사람들의 표상입니다. "욕망으로 파리해진 젊은이"나 "눈빛 수의를 입고 있는 창백한 처녀"가 바로 그들입니다. 그들은 현세에서는 자신들의 욕망을 충족시키지 못한다는 걸 알고 있기에 다음 세상인 "감미로운 황금나라"를 동경합니다. 그들은 이 세상의 시간 흐름이 지겨워 이 따분한 여정이 어서 빨리 끝나기를 희망할 뿐입니다. 이 세상은 그들에게 무덤과 같은 곳에 지나지 않습니다.

『천국과 지옥의 결혼』에서 '악마적' 상상력은 이렇게 외칩니다. "욕망을 억제하는 사람들은 그들의 욕망이 억제당할 만큼 약하기 때문에 그렇게 하는 것이다."(Those who restrain desire, do so because theirs is weak enough to be restrained.) 이런 식으로 "욕망을 억제하다보면 점점 수동적이 되어 결국에는 욕망의 허수아비가 되고"(And being restrained, it by degrees becomes passive till it is only the shadow of desire.) 맙니다.

이는 육신의 욕망, 그 정열(energy)을 죄악시하는 선악 이분법의 인습적 도덕률에 대한 저항의 외침입니다. 인간의 욕망을 본원적 생명력으로 간주하는 '악마'의 편에서는 욕망의 억제가 질병의 원인이 됩니다. "욕망을 지니고 있으되 행동으로 옮기지 못하면 질병을 야기하고"(He who desires but acts not, breeds pestilence.) 마는 것입니다.

이 시에 등장하는 젊은이와 처녀는 이러한 인습적 도덕률의 희생자라 할 수 있습니다. 그들이 동경하는 "감미로운 황금나라"는, 욕망을 억제하기 위해 인습적 교회에서 내세우는 허울의 천국일 뿐이고요. 부자가 천국 가기 어렵다는 말로 가난한 사람들의 불만을 해소시키려 하는 것처럼 기득권 세력들이 교묘하게 확산시키는 거짓 이데올로기의 산물이라 할 수 있습니다.

이때 처녀가 입은 하얀색 옷도 위선적 순결을 함축할 수 있습니다. '순수의 노래'의 「성목요일」("Holy Thursday")에서 어린이들의 보호자로 등장하는 노인이 들고 있는 "눈처럼 하얀 지팡이"(wands as white as snow)의 흰색이 위선적 자비의 상징으로 해석될 수 있는 것과 마찬가지입니다. 블레이크 후기 시에서 억압과 압제의 인물로 등장하는 유리즌(Urizen)이나 단선적 시각의 표본으로 그려지는 뉴턴(Newton)의 머리칼이 흰색으로 그려지는 것도 이러한 해석을 뒷받침 해줍니다.

물론 다른 상상도 가능합니다. "감미로운 황금나라"가 혹세무민을 위한 허구의 내세가 아니라 경험적 한계를 넘어선, 진정한 의미의 이상세계로 해석할 수 있습니다. 시간과 3차원 공간의 속박에서 자유롭지 못한 경험 상태는 분명 극복의 대상입니다. 젊은이와 처녀는 그러한 경험세계의 희생물이며 그들이 처해 있는 상태는, 그러므로 무덤과 같은 곳입니다.

다른 작품에서처럼 이 시에서도 블레이크는 선택을 독자의 몫으로 돌립니다. 땅에 뿌리를 내린 채 하늘의 태양을 동경하는 해바라기와, 실현할 수 없는 욕망에 시달리는 경험세계 젊은이들의 처지를 상징을 통해 연결함으로써 독자들의 다양한 상상을 독려하고 있습니다.

이렇듯 시인은 교묘한 연출을 통해 독자들의 상상력을 자극합니다. 교조적 가르침을 주는 게 아니라 예시적 '보여주기'를 수행합니다. 이는 독자들의 "고양된 의식"(a heightened awareness)을 고취시키기 위해서입니다. 블레이크에게는 이것을 가로막는 것이야말로 억압이요 오류로 타락하는 것이며 죽음에 이르는 길인 것입니다.

고독의 더없는 축복

워즈워스의 「수선화」
("I Wandered Lonely as a Cloud")

하늘 높이 골짜기와 언덕 위를 떠도는
구름처럼 홀로 떠돌다가
문득 나는 보았네. 수없이 많은
황금빛 수선화가 크나큰 무리 지어
호숫가 나무 밑에서
미풍에 한들한들 춤추는 것을.

은하수 위에서 빛나며
반짝이는 별들처럼 쭉 연달아
수선화는 호만의 가장자리 따라 끝없이 펼쳐져 있었네.
나는 한눈에 보았네. 흥겹게 춤추며
고개를 살랑대는 무수한 수선화를.

호수 물도 옆에서 춤을 추고 있었으나
반짝이는 물결보다 수선화가 더 흥겨웠네.
이토록 즐거운 벗과 함께 있으니
시인은 즐거울 수밖에 없었네.

나는 보고 또 보았네. 그러나 그 장관이
얼마나 값진 풍요를 내게 주었는지 생각하지는 못했네.

이따금, 멍하니 아니면 깊은 생각에 잠겨
자리에 누워 있으면
수선화는 반짝였네, 고독의 더없는 축복인
내 마음의 눈앞에서.
그러면 내 마음 기쁨에 넘쳐
수선화와 함께 춤을 춘다네.

I wandered lonely as a Cloud

That floats on high o'er vales and Hills,

When all at once I saw a crowd,

A host, of golden Daffodils;

Beside the Lake, beneath the trees,

Fluttering and dancing in the breeze.

Continuous as the stars that shine

And twinkle on the milky way,

They stretched in never-ending line

Along the margin of a bay:

Ten thousand saw I at a glance,

Tossing their heads in sprightly dance.

The waves beside them danced; but they

Outdid the sparkling waves in glee:

A Poet could not but be gay,

In such a jocund company:

I gazed—and gazed—but little thought

What wealth the show to me had brought:

For oft, when on my couch I lie

In vacant or in pensive mood,

They flash upon that inward eye

Which is the bliss of solitude;

And then my heart with pleasure fills,

And dances with the Daffodils.

한때 우리나라 국어교과서에 실릴 정도로 유명한 워즈워스(William Wordsworth, 1770-1850)의 대표적인 서정시입니다. 영국 낭만주의 시의 여러 특징을 한꺼번에 보여주는 작품으로 유명하며 워즈워스의 시론(훌륭한 시는 어떻게 탄생하는가)을 확인케 해주어서 곧잘 인용되기도 합니다. 자연의 아름다움(혹은 아름다운 자연), 고독, 산책 등 낭만적 소재가 먼저 눈에 띄지만 주목해야 할 것은 이에 대한 시인의 (낭만적) 반응 혹은 대응입니다.

낭만시인에게 자연은 그것이 구름이든 수선화든 나와 관계없이 따로 존재하는 게 아닙니다. 존재의 의미는 주관과의 상호작용 속에서 탄생합니다. 내가 없으면 객관 사물은 무의미합니다. 김춘수 시인의 시에서처럼 내가 꽃이라 불러주어야 꽃으로의 존재의미를 갖게 되는 것입니다. 때문에 모든 존재는 시인이 부여한 상징적 의미를 지니게 됩니다.

블레이크에게 해바라기는 욕망을 충족시키지 못해서 파리해지는 젊은이고, 셸리에게 서풍은 혁명의 거듭남을 촉구하는 정령이자 예언의 나팔수이며, 키츠에게 나이팅게일의 노래나 희랍항아리는 유한한 인간세계를 넘어선 영원한 아름다움의 상징입니다.

이 시에서도 구름은 세상사에 구애받지 않고 떠도는 자유인의 상징이며 수선화는 활기찬 기쁨의 춤꾼입니다. 하늘 위를 떠도는 구름은 지상의 높고 낮음에 관계없이 유유자적합니다. 계곡을 내려갈 일도 산을 올라갈 일도 없이 마음 가는대로 떠돕니다. 홀로 여행하는 방랑자처럼, 그렇게 자유롭게 거리낌 없이.

낭만시인에게 '홀로'(lonely)나 '외로이'는 소중한 말입니다. '자유롭게'의 다른 표현입니다. 자연과의 제대로 된 교감은 무리지어 할 수 있는 게 아닙니다. 홀로 있어야만 상상력이 맘껏 발휘되어 풍성한 의미를 자연 대상에 부여할 수 있습니다.

고독은 객관 사물과 교감할 때만 필요한 게 아닙니다. 경험을 회상할 때 더 긴요합니다. 그래야 마음의 눈이 열립니다. 교감할 때는 육신의 눈이 반응을 하지만 회상할 때는 내면의 눈('inward eye')이 작용합니다. 그래서 고독은 '더없는 축복'이 되는 것입니다.

워즈워스에 따르면 훌륭한 시란 "강력한 감정의 자발적인 흘러넘침"(spontaneous overflow of powerful feelings)입니다. 이 흘러넘침은 수선화와 마주한 경험의 순간에 이루어지는 게 아닙니다. 시에서 말하고 있는 것처럼, 결정적 순간—시인은 이를 "시간의 점"(spots of time)이라 합니다—에는 그 자체의 즐거움에 사로잡혀 그것이 어떤 풍요로움을 가져다줄 지 미처 생각하지 조차 못합니다. 나중에 고요함 속에서의 회상('recollected in tranquility')

을 통해 다시 감정이 강력해지고 흘러넘쳐서 시로 태어나는 것입니다. 멍할 때나 깊은 생각에 사로잡혀 있을 때 말입니다.

멍한 상태는 아무 생각이 없는 상태가 아니라 어떤 하나의 생각에 집중하다보니 다른 것에 관심이 없는, 주의를 기울일 수 없는 상태를 칭합니다. 반대말이 아니라 같은 상태의 다른 표현이라 할 수 있습니다,

이 작품은 개개의 경험이 어떻게 시로 형상화되는지를 잘 보여주고 있습니다. 워즈워스를 경험의 시인이라 부르는 것도 이러한 면모 때문입니다.

홀로 있는 것은 두려워하거나 피할 일이 아닙니다. 혼자만의 자유분방한 산책은 매일매일 적극적으로 찾아 즐길 일입니다. 홀로 설 수 있어야 제대로 함께 할 수 있습니다. 홀로 지내지 못하는 사람은 가족이든 친구이든, 부담을 줄 수 있습니다. 홀로 산책하며 이 시를 되뇌다보면 마음의 눈이 살포시 열릴 수도 있지 않을까요? 그런 '더없는 축복'의 행운을 느껴보시기 바랍니다.

뻐꾸기 노래보다 황홀한

워즈워스의 「외로운 추수꾼」
("The Solitary Reaper")

보라, 넓은 들녘에서 혼자 일하는

저 외로운 하이랜드의 처녀를!

홀로 추수하며 혼자 노래 부르는.

여기에 잠시 멈추거나, 아니면 조용히 지나가라!

그녀는 홀로 낫질을 하며 단을 묶는다

오 귀 기울여라! 저 깊은 골짜기가

그 노래로 넘쳐흐르고 있으니

아라비아 사막

어느 그늘에서 쉬고 있는 지친 나그네 무리들에게

어느 나이팅게일도

이보다 더 반가운 노래를 부른 적 없으리라

머나먼 헤브리디스 군도에서

바다의 적막을 깨뜨리는

이른 봄날의 뻐꾸기 노래도

이보다 더 황홀하지는 않으리라.

저 처자 무슨 노래를 부르는지 말해 주는 이 없는가?
저 구슬픈 노래는
어쩌면 오래된 아득한 불행
아니면 옛날의 전쟁들에 관한 것인지 몰라
아니면 오늘날 흔히 있는 것에 대한
소박한 노래인가?
이제까지 있어왔고 또다시 있을 수 있는
어쩔 수 없는 슬픔, 상실 또는 아픔에 관한?

그 주제가 무엇이든 그 처자는
그 노래가 끝이 없는 듯 노래했네
나는 일을 하며 노래하는 그녀를 바라보았네
나는 조용히 서서 들었네.
그리고 나 언덕 위로 올라갔을 때
그 노래가 들리지 않게 된 오랜 뒤에도
그 가락은 내 가슴 속 깊이 남아 있었네.

Behold her, single in the field,
Yon solitary Highland Lass!
Reaping and singing by herself;
Stop here, or gently pass!
Alone she cuts and binds the grain,
And sings a melancholy strain;
O listen! for the Vale profound
Is overflowing with the sound.

No Nightingale did ever chaunt
More welcome notes to weary bands
Of travellers in some shady haunt,
Among Arabian sands:
A voice so thrilling ne'er was heard
In spring-time from the Cuckoo-bird,
Breaking the silence of the seas
Among the farthest Hebrides.

Will no one tell me what she sings?--
Perhaps the plaintive numbers flow
For old, unhappy, far-off things,
And battles long ago:
Or is it some more humble lay,
Familiar matter of today?
Some natural sorrow, loss, or pain,
That has been, and may be again?

Whate'er the theme, the Maiden sang
As if her song could have no ending;
I saw her singing at her work,
And o'er the sickle bending;--
I listened, motionless and still;
And, as I mounted up the hill,

The music in my heart I bore,

Long after it was heard no more.

　워즈워스의 유명한 이 서정시는 음악이 주는 감동에 관한 것입니다. 그 음악은 스코틀랜드의 한 처자가 낫으로 추수를 하며 부르는 노래입니다. 그런데 이 시의 화자는 이 처자가 부르는 노래의 실제 의미를 이해하지 못합니다. 그 지역 방언으로 되어 있기 때문입니다. 그럼에도 불구하고 그 슬픈 아름다움이 시인 화자의 마음을 사로잡습니다. 그 노래가 더 이상 들리지 않는 상황에서도 뇌리에 강하게 남아 있습니다.

　이런 식으로 이 시는 문화적 경계나 언어 자체까지도 초월할 수 있는 예술의 힘을 함축하고 있습니다. 예술(음악)은 구체적인 이해 없이도 감정과 정서는 전해줄 수 있습니다. 감상은 이해를 꼭 전제로 하지 않습니다. 사실 워즈워스는 이 처자의 노래를 직접 듣지도 않았습니다. 직접 경험한 것이 아니라 다른 사람의 여행기를 읽다가 영감을 받은 것입니다. 키츠의 말처럼 '들리는 곡조도 아름답지만 들리지 않는 곡조가 더 아름다울 수' 있습니다.

　흔히 워즈워스를 경험의 시인이라 합니다. 여행을 좋아했던 시인은 이를 통해 많은 새롭고 독특한 경험을 하게 됩니다. 이 경험이 시인의 감정을 고조시킵니다. 하지만 이렇게 고조된 상태가 계속 이어지는 것은 아닙니다. 시간의 흐름에 따라 이내 차분해집니다. 그러다가 여행에서 돌아와 '고독의 더없는 축복'(bliss of solitude)에 처하게 되면 '내면의 눈'(inward eye)이 열리면서 이 경험을 회상하게 됩니다. 이 '고요함 속에서의 회상'(recollection in tranquility)을 통해 다시 감정이 경험 당시처럼 고조됩니다. 이런 식으로 고조된 '강력한 감정의 자발적 흘러넘침'(spontaneous overflow of powerful feelings)이 시의 탄생으로 이어지는 것입니다.

그런 의미에서 이 시의 창작과정은 좀 예외적이라 할 수도 있습니다. 직접 경험이 아니라 독서를 통한 간접 경험이 영감의 원천이기 때문입니다. 이를 통해 음악예술(추수꾼의 노래)의 감동뿐만 아니라 문학예술(여기에서는 여행기)의 감화력까지 전해주고 있기는 하지만.

중요한 것은 영감의 원천이 아니라 감동의 주체입니다. 낭만시인에게 의미는 나와 관계없이 객관 사물에 별도로 존재하는 것이 아닙니다. 그것은 나의 주관에 의해 창조됩니다. 유명한 '거울과 등불'(the mirror and the lamp)의 비유에서 알 수 있듯, 그들에게는 사람의 인식 능력이 거울과 같은 것이 아닙니다. 거울은 있는 그대로를 그냥 기계적으로 반사하지만 등불은 스스로 빛을 발하며 사물에 영향을 미칩니다. 빨간색 불빛 아래서는 빨간색으로 보이고 파란색 등불은 파랗게 보이게 합니다. 상상력이 풍부한 사람은 외로운 추수꾼의 노래에서 거의 황홀경에 가까운 감동을 느끼지만 다른 사람들은 아무 감동 없이 그냥 지나쳐 버립니다. 의미가 상상력에 의해 (반쯤은) 창조되는 것입니다. 이 작품에서도 이런 상상력에 의한 의미와 감동의 확장을 여실히 목도할 수 있습니다.

시는 상상력이 발동하기 직전, 아니면 발동하기 시작하는 순간에 대한 소개로 출발합니다. 여행을 하다가 홀로 노래를 하며 추수하는 하일랜드 처자를 만납니다. 하일랜드는 영국의 북쪽 고산지대의 이름입니다. 언어와 문화가 다른 스코틀랜드 땅입니다.

그런데 이 대목에서 시인이 특히 강조하는 것은 '홀로'라는 상황입니다. 그 상황은 혼자(single), 외로운(solitary), 홀로(by herself),

혼자서(alone)로 변주되며 고조됩니다. 워즈워스의 다른 시 「수선화」에서 확인할 수 있는 것처럼 '홀로'는 외로움을 나타내기도 하지만 '자유롭게'를 함축하기도 합니다. 그래서 고독이 더없는 축복이 되기도 하는 것입니다.

이처럼 홀로 자유롭게 추수하는 처자의 노래가 골짜기에 가득흘러넘칩니다. 이는 그 소리가 크다는 게 물론 아닙니다. 그 노래로 인한 울림 혹은 감동이 넘쳐난다는 뜻입니다. 그래서 노래에 홀려 잠시 가던 길을 멈춥니다. 감동을 느끼지 못한다면 괜히 황홀경을 방해하지 말고 조용히 지나가 주는 게 바람직한 일입니다.

상상력의 발동은 2연부터 본격화합니다. 먼저 시인은 멀리 아라비아 사막을 상상합니다. 가도 가도 끝이 없는 사막, 생명의 기운이라고는 찾아볼 수가 없습니다. 여정에 지친 나그네들은 어서 생명의 오아시스에 도달하고 싶은 열망이 가득합니다. 이때 어디서나이팅게일의 노랫소리가 들려옵니다. 오아시스가 멀지 않았다는반가운 징조입니다. 그런데 이런 나이팅게일의 노랫소리보다 이처자의 노래가 더 반가웠다는 것입니다.

다시 상상의 날개를 타고 저 북쪽 머나먼 헤브리디스 군도를 찾아 나섭니다. 이곳은 위도가 매우 높아 봄이 늦게 찾아옵니다. 그만큼 절실하게 봄을 기다리는 곳입니다. 그런데 어디서 뻐꾸기의노랫소리가 들립니다. 봄이 곧 온다는, 아니 이미 왔다는 징후입니다. 먼 바다의 침묵을 깨는 그 반가운 뻐꾸기 노래보다 더 황홀했다니 더 이상 무슨 말을 더하겠는지요?

이제 상상은 노래의 내용에 관한 것으로 깊어집니다. 무슨 사연을 담고 있는지 말해줄 이는 없습니다. 혼자 추수를 하고 있다지않습니까? 그렇다고 노래하고 있는 처자에게 묻는 건 더욱 분위기를 깨는 일. 역시 홀로 추측할 수밖에 없습니다. 슬픔의 가락으로 보아 서글픈 내용이라는 건 금방 짐작할 수 있습니다. 슬픔이 오래된 것은 지극하여 잊을 수 없기 때문입니다. 쉽게 전쟁으로 인한 불행을 떠올릴 수 있습니다. 부모나 친한 친지와의 사별도 원인일 수 있습니다. 아니면 더 참담한 불행으로 어린 동생을 가슴에 묻은 사연일 수도 있겠고요.

슬픔은 삶의 본질입니다. 불행한 일은 어제도 있었고 오늘도 있으며 내일도 또 계속 있을 것입니다. 슬픈 노래가 감동을 주는 것은 이런 보편성 혹은 편재성 때문일 수 있습니다. 그런 일상적 불행으로 인한 슬픔을, 그래서 일상적으로 무심한 듯 토로하고 있는지도 모릅니다. 추수와 같은 일상적 일을 해나가면서.

그렇다고 하여 노래의 마력이 줄어드는 건 아닙니다. 낭만시인들이 특히 주목하는 것은 이런 '일상의 초월성'(natural super naturalism)입니다. 평범한 것에서 비범한 의미를 읽어내는 게 상상력의 힘입니다. 감탄하고 놀라는 건 무지 때문이 아니라 상상력이 풍부해서입니다. 천둥과 번개를 두려워하는 건 기상의 전기적 현상을 몰라서가 아닙니다. 빛의 굴절로 인한 것임을 알고 있다고 해서 무지개 아름다움의 감동이 덜해지는 게 아닙니다. 일상적인 것을 소재로 평소 사용하는 일상적인 말을 통해 비일상적인 감동을 연출해내는 것이야말로 시인이 해야 하는 일입니다. 시인 워즈워스가 그 시범을 보여주고 있는 것입니다.

이제 다시 상상의 세계에서 일상으로 돌아와야 합니다. 무아지경의 처자는 계속 노래를 부르고 무아지경의 시인은 계속 그것을 지켜보고. 그 감동의 황홀경은 노래가 들리지 않게 된 오랜 후까지 지속됩니다. 일상으로 돌아왔지만 그 감동의 여운은 계속 남아 있습니다. 지금 이곳에서 시작된 시 혹은 상상력은 다시 지금 이곳으로 돌아오며 끝을 맺습니다.

초원의 빛이여 꽃의 영광이여

워즈워스의 「불멸 송가」
("Ode: Intimations of Immortality")

한때 그처럼 찬란했던 광휘가

이제 눈앞에서 영원히 사라졌다 한들 어떠리

초원의 빛과 꽃의 영광, 그 시간들로

다시 되돌아갈 수 없다 한들 어떠리

우리는 슬퍼하지 않으련다, 오히려

뒤에 남은 것에서 힘을 찾으리라

이제까지 있어왔고 계속 있을 것이 틀림없는

그 원초적 공감능력에서

인간의 고통으로부터 솟아나는

위로의 생각들에서

죽음을 꿰뚫는 신념에서

철학적 마음을 키워주는 세월에서

What though the radiance which was once so bright

Be now for ever taken from my sight,

Though nothing can bring back the hour

Of splendor in the grass, of glory in the flower;

We will grieve not, rather fine

Strength in what remains behind;

In the primal sympathy

Which having been must ever be;

In the soothing thoughts that spring

Out of human suffering;

In the faith that looks through death,

In years that bring the philosophic mind.

이 시는 여러 영화에서 인용되어 더욱 유명해진 워즈워스의 대표작 「불멸 송가」("Ode: Intimations of Immortality from Recollections of Early Childhood")의 한 부분입니다. 이 시가 발표되었을 때 하늘에 있는 영국의 수호천사가 기뻐했을 것이라고까지 찬사를 받는 작품입니다.

「무지개」("My Heart Leaps Up")라는 시에도 나타나 있듯이, 어린 시절에는 무지개와 같은 아름다운 자연을 보면 가슴 뛰는 감동을 느낍니다. '찬란한 비전'(vision splendid)의 상상력을 가졌기 때문입니다. 어른이 되면 세속에 물들어 그 상상의 날개가 꺾이게 됩니다. 꽃과 대화하는 능력도 잃어버리고 신화와 전설도 믿지 않게 됩니다. 경험의 덫에 갇혀 마음의 눈을 열지 못하게 되는 것입니다.

그러나 한탄할 일만은 아닙니다. '찬란한 비전'을 대신할만한 보상이 뒤따르기 때문입니다. 이 작품의 후반부인 바로 위 대목에서 이를 내세우며 남아 있는 것에서 힘을 찾자고 스스로를 다독이고 있습니다.

총 213행에 달하는 이 긴 송시는 11개의 연으로 구성되어 있습니다. 이는 다시 크게 세 부분으로 나눌 수 있습니다. 첫 5개 연이 '찬란한 비전' 상실의 아쉬움을 그려주고 있다면 그 다음 4개 연은 그 상실 과정과 내용을, 나머지 3연은 이런 상실에 대한 보상, 즉 아쉬움을 수용하며 스스로를 달래는 내용으로 이루어져 있습니다.

첫 부분을 쓰고 몇 년이 지나서야 나머지 부분이 완성되는 것으로 보아 시인은 이 상실의 의미를 어떻게 이해하고 받아들여야 할지 많은 고민을 했던 것 같습니다. 이러한 시간적 거리 등을 이유로 이 작품의 통일성 결여를 지적하는 이들도 있지만, 첫 부분에서 비전 상실의 아픔 혹은 안타까움이 그 만큼 절절하게 그려지고 있다는 반증 정도로 치부되곤 합니다.

어린 시절에는 산과 들, 강 등 자연의 모든 것들이 천상의 빛으로 옷을 입은 것처럼 보였습니다. 그런데 이제는 예전과 같지 않습니다. 어디를 둘러보아도 전에 봤던 것들을 볼 수가 없게 되었습니다. 객관 사물들이 사라진 것이 아니라 그것들에 천상의 옷을 입혀주던 '찬란한 비전'을 상실했기 때문입니다.

> 그러나 나는 안다네, 어디를 가든
> 지상으로부터 그 영광이 사라져버렸다는 것을
> ......
> 내 발 뿌리에 있는 팬지꽃도
> 똑 같은 얘기를 되풀이 하고 있네.
> 어디로 날아가 버렸는가 그 신비한 미광은?
> 지금은 어디에 있는가, 그 영광과 꿈은?

상처나 아픔의 치유는 그 원인 혹은 그 내용에 대한 진단을 통해

가능해집니다. 비전 상실을 안타까워하는 것만으로는 한 발자국도 나갈 수 없습니다. 하여 시인은 우리의 탄생과 삶의 여정을 꼼꼼하게 살피기 시작합니다.

시인은 우리의 삶의 여정을 동쪽에서 떠서 서쪽으로 지는 태양에 비유합니다. 이때 시인은 기독교인에게는 위험할 수도 있는 전생(pre-existence)을 상정합니다. 플라톤이 전제한 이데아 상태를 시적 비유로 차용하고 있는 것입니다. (나중에 워즈워스는 이것이 신앙과 관련된 신조가 아니라 시적 비유일 뿐이라는 변명을, 다소 장황하다 싶게 하는데, 이는 시인 자신의 보수화와 연결 지어 해석할 수 있을 것입니다.)

플라톤에 따르면 우리의 탄생은 잠 혹은 망각으로 빠져드는 일입니다. 이 질료의 물질 속세로 들어오면서 이데아의 상태를 온전히 잊게 됩니다. 그에 따르면, 우리들 삶의 여정은 철학적 수련을 통해 이 이데아의 세계를 회복해나가는 과정입니다.

하지만 시인은 이를 조금 수정합니다. 온전한 망각('entire forgetfulness')이나 완전한 벌거벗음('utter nakedness')이 아니라 그 영원한 영혼 세계의 찬란한 구름(clouds of glory)을 이끌고 이 세상에 온다는 것입니다. 그러니 어린이는 그 찬란한 전생을 상당 정도 기억하고 있습니다. (그 연장선상에서 '어린이는 어른의 아버지'라는 비유가 가능해질 것입니다.)

하지만 성장하여 소년이 되면서 육신 감옥 그림자('Shades of the prison-house')의 영향을 점점 더 받게 됩니다. 청년이 되면 영혼의 동해로부터 더 멀어지고 성인이 되면 찬란한 비전이 일상의 평범한 빛으로 시들게 됩니다. 경험에 얽매여 상상의 나래를 펼치지 못하게 되는 것입니다.

이때 대자연이 유모처럼 우리를 보살펴주게 됩니다. 친어머니라도 되는 양 정성을 다해 돌봅니다. 이 동숙자로 하여금 원래의 고향 그 찬란한 궁전('that imperial palace')의 영광을 잊게 하기 위해서.

우리는 일상에 취해 점점 더 이 영혼 세상을 잊어갑니다. 살다보면 의지나 의도와 상관없이 많은 다양한 역할을 해야 합니다. 결혼식이나 축제, 장례식, 연애, 사업, 갈등 등에 걸맞은 연기를 해야 합니다. 배우가 되어야 하는 것입니다. 시인은 이를 인형극의 다양한 등장인물에 비유합니다.

> 그러면 새로운 즐거움과 자부심으로
> 이 작은 배우는 또 다른 역할을 수행한다
> 인생이라는 인형극단장이 마차에 싣고 다니는
> 중풍 나이에 이르기까지의 다양한 등장인물들로
> '변화무쌍한 무대'를 시시때때로 채우면서
> 마치 끊임없는 모방이
> 자신의 천직이나 되는 양

이처럼 세파에 끊임없이 휘둘리는 어른과는 대조적으로 아직도 영혼의 영원세계('Soul's immensity')를 기억하는 어린이는 최고의 철학자(best Philosopher)요, 눈먼 자 중의 눈뜬 자('Eye among the blind')입니다. 막강한 선지자('mighty Prophet')요 축복받은 천리안('Seer blest')입니다.

그런데 대부분의 사람들은 이 축복의 상태를 벗어나서 어른이 되고 싶어 합니다. 세월의 흐름 따라 어쩔 수 없이 걸머져야 하는 멍에를 서둘러 짊어지려 하는 것입니다. (이 구절을 대할 때마다

"교수님은 세상 물정을 잘 모르셔요!" 안타까워하던 어린 학생 제자들이 생각나곤 합니다. 백발의 교수보다 먼저 세상에 눈을 떠 더 세속적으로 되어버린!)

> 왜 그렇게 진지한 노력으로 세월을 자극하여
> 그 불가피한 멍에를 앞당기려 하는가?
> 왜 그토록 맹목적으로 그대 축복의 상태와 불화하려 하는가?
> 머지않아 그대는 이 지상의 짐을 짊어지게 되리라
> 서리만큼 무겁고 거의 인생만큼이나 심오한
> 습관이 무거운 추처럼 그대를 내리누를 것인데

습관의 노예가 되면 감탄할 줄 모르게 됩니다. 의아해 하고 놀라는 것을, 고전주의자들은 무지의 소산이라 여기며 평가절하 합니다. 워즈워스 같은 낭만시인들은 이를 풍부한 상상력의 산물로 봅니다. 상상력이 풍부한 어린이들은 자주 감탄하며 끊임없이 질문을 해댑니다. 세속에 찌든 부모들은 이 발랄한 문제 제기나 물음이 버겁습니다. 성가십니다. 그래서 손님이라도 찾아오면 게임기나 휴대폰을 던져주며 입을 막아버립니다. 이것에 익숙해진 어린이는 곧 그 부모를 닮아 가게 되고요.

그렇다고 그 상상의 불꽃이 아주 꺼져버리는 것은 아닙니다. 어린 시절을 회상하면 그 등걸불의 불씨를 확인할 수 있습니다. 그래서 마음이 평화로워지면 우리가 떠나온 동해 그 불멸의 바다를 떠올리게 됩니다. 환희의 힘을 빌려 그곳으로 정신여행을 떠날 수도 있습니다. 그 해안에서 뛰노는 어린이들을 볼 수 있으며 끊임없이 출렁이는 영원의 파도소리도 들을 수 있습니다.

그러니 꽃의 영광과 초원의 빛을 느끼던 시절로 되돌아갈 수 없다 한들 어떠리! 말할 수 있는 것입니다. 인간의 유한함, 그 한계를 인정하는 깨달음이 다른 사람의 아픔을 위무해줄 수 있는 너그러움의 힘으로 이어집니다. 죽음을 두려워하지 않는 신념이, 세월의 흐름으로 얻게 된 철학적 사유가 비전 상실에 대한 보상이 되어주는 것입니다.

그래서 여전히 샘과 들녘과 언덕과 숲을 사랑할 수 있습니다. 아름다운 무지개를 보면 뛰는 가슴을 지켜갈 수 있습니다. 어린 시절의 '찬란한 비전'은 순수하게 밝아오는 일출의 아름다움을 즐기는 것에 비견할 수 있습니다. 어른의 철학적 관조는 지는 태양 주변의 구름, 그 일몰의 화려함을 차분하게 음미하는 것에 견줄 수 있습니다. 말하자면 둘은 같은 경주의 경쟁 상대가 아니라 마라톤과 100미터 달리기처럼 다른 경주의 주자입니다. 그러니 승리의 월계관이 각각 따로 주어질 수 있습니다.

새로 태어나는 날의 순수한 밝음은
여전히 사랑스럽네.
지는 태양 주변에 모여 있는 구름도
인간의 유한함을 지켜봐온 눈으로 보면
차분한 빛을 띤다네.
다른 경주가 있으니 다른 월계관이 주어질 것이니
우리가 의존해오며 살아온 인간적 마음 덕에
그 부드러움, 그 환희, 그 두려움 덕분에
피어나는 보잘것없는 꽃조차도 눈물로 그리기에는
너무 심오한 생각을 내게 가져다준다네.

이 시에서 제목을 따온 노래와 영화가 있습니다. 영화 「초원의 빛」(Splendor in the Grass)과 핑크 마티니(Pink Martini)가 부른 「초원의 빛」. 영화나 노래 모두 시 전체의 주제와 관련된 것은 아닙니다.

영화에서는 좋았던 옛날과 그렇지 못한 현재 상황에 제대로 적응하지 못하는, 말하자면 남은 것들에서 힘을 얻지 못하는 것에서 비롯된 시련과 그 극복 과정을 다루고 있습니다.

잘생긴 부잣집 청년 버드(Warren Beatty)는 여학생들에게 선망의 대상입니다. 그가 보수적인 기독교 가정에서 순결 교육을 받고 자라난 여학생 윌마(Natalie Wood)를 사랑하면서 갈등이 찾아옵니다. 혈기 왕성한 버드는 윌마와 깊은 관계를 맺고 싶어 하지만 늘 거절당합니다. 관계를 거부당한 그는 윌마가 자신을 사랑하지 않는다고 여겨 이별을 고합니다. 다른 여학생들과 격의 없이 놀아나는 버드를 슬프게 바라보던 그녀는 결국 신경쇠약에 걸리고 맙니다.

그러던 어느 날 헤어진 남자친구를 그리워하며 딴 생각을 하고 있던 윌마가 수업시간에 선생님의 주목을 받게 됩니다. 선생님으로부터 하필 처음 인용한 시 구절을 읽고 그 함축 의미를 설명해보라는 주문을 받게 됩니다. 이를 설명하던 중 여주인공은 현재 자기의 상황과 너무나 대조적인 시 내용에 말을 잇지 못합니다. 자기는 남은 것에서 절대 힘을 얻을 수 있는 상황이 아닌 것입니다. 교실 밖으로 뛰쳐나간 그녀는 자살까지 시도하게 되고 결국 정신병원에서 장기간 치료를 받게 됩니다.

그렇게 많은 시간들이 흘러 건강한 정신을 되찾은 그녀는 집으로 돌아와 버드를 찾아갑니다. 그는 이미 결혼해서 한 아이의 아빠가 되어 평범한 가정생활을 꾸려가고 있습니다. 그 모습을 확인하고 "차라리 남아 있는 것에서 힘을 얻으련다"는 시 구절을 되뇌며 영화가 막을 내립니다.

영화 「흐르는 강물처럼」(A River Runs through It)에서도 이 시가 인용되고 있는데 유명한 낚시 장면에 밀려 주목을 크게 받지는 못하고 있습니다. 하지만 영문학자가 된 큰 아들이 아버지와 주고받는 이 시의 내용은 분명 영화의 주제와 의미심장하게 연결되어 있습니다. 이 시의 내용을 모르면 주인공의 회상이나 아버지 목사의 마지막 설교의 의미를 제대로 이해하지 못할 것입니다. 둘째 아들의 죽음 이전의 좋았던 시절, 그리고 그 이후 시련을 극복하는 과정의 의미를.

시련은 누구에게나 느닷없이 찾아옵니다. 이유도 없고 원인도 알 수 없습니다. 하지만 그것이 주는 의미는 심각합니다. 불합리하고 부조리한 삶에 적응하고 그것을 견디어 내야 하는 게 인생살이라는 것을 영화는 이 시를 인용하며 담담하게 보여줍니다.

마티니의 노래는 더 엉뚱합니다. 그냥 제목만 따온 것입니다. '초원의 빛'을 볼 수 있는 전원적 삶을 동경하며 독려하는 일종의 귀거래사입니다! 물질적 욕망에 휩싸여 풀도 별도 보지 못한 채 분주하기만 한 우리들 현대 도시인의 삶을 경쾌하게 반성하고 있습니다.

위대한 시의 쓰임은 이렇게 다양합니다. 여러 방향에서 다채로운 층위로 영감을 제공해주고 의미를 더해주고 있습니다.

거듭남을 위한 기도

셸리의 「서풍부」
("Ode to the West Wind")

만일 내가 그대가 몰아갈 수 있는 낙엽이라면,

만일 내가 그대와 함께 날 수 있는 재빠른 구름이라면,

그대의 힘 아래 헐떡이는 파도라면, 그리하여 그대 힘의

충동을 공유할 수 있고 오직 그대와 비교했을 때에만

덜 자유스러울 수 있다면, 오 통제할 수 없는 자여!

만일 나라도 내 소년 시절 같기만 하다면, 그래서 하늘을 나는

그대의 속도를 이겨내는 것이 거의 망상만이 아니었던

그때처럼 하늘 위를 방랑하는 그대의 친구가 될 수 있다면,

나는 스스로의 쓰라린 곤궁에 처해 이와 같은 기도 속에서

결코 그대와 이처럼 겨루지 않았으리라.

오, 나를 들어 올려다오, 파도처럼, 나뭇잎처럼, 구름처럼!

나는 인생의 가시밭에 쓰러져 피를 흘린다!

무거운 세월의 무게가 사슬로 묶고 조아리게 했다

길들여 지지 않고, 빠르며, 자존심 강한, 그대와 너무나 닮았던

나를.

If I were a dead leaf thou mightest bear;

If I were a swift cloud to fly with thee;

A wave to pant beneath thy power, and share

The impulse of thy strength, only less free

Than thou, O uncontrollable! If even

I were as in my boyhood, and could be

The comrade of thy wanderings over Heaven,

As then, when to outstrip thy skiey speed

Scarce seem'd a vision; I would ne'er have striven

As thus with thee in prayer in my sore need.

Oh, lift me as a wave, a leaf, a cloud!

I fall upon the thorns of life! I bleed!

A heavy weight of hours has chain'd and bow'd

One too like thee: tameless, and swift, and proud.

곤궁함에 처하면 사람은 기도를 합니다. 곤궁함에서 벗어나게 해줄 대상(흔히 神)을 향해 스스로의 처지를 고백하며 간구합니다. 그런 기도는 크게 세 부분으로 구성됩니다. 대상을 부르는 부분 (invocation)과 스스로의 처지를 드러내는 부분(confession), 그리고 실제 기원의 내용이 담긴 부분(petition).

셸리(Percy Bysshe Shelley, 1792-1822)의 「서풍부」는 이런 기도형식으로 된 시입니다. 서풍을 향해 거듭나게 해달라고, 세월에 길들여지지 않는 진정한 예언자-시인이 되게 해달라고 기원하고 있습니다.

다섯 개의 소네트로 구성된 이 송가(頌歌, 賦, ode)에서 처음 세 개의 연은 기도의 대상인 서풍을 부르는 내용이고 위에 인용한 네 번째 연이 스스로의 처지를 고백하는 대목입니다. 이어 구체적인 간구의 내용이 담긴 마지막 연이 뒤따릅니다.

기도가 효험을 발휘하려면 자기 염원을 잘 들어줄 능력을 갖춘 신을 제대로 찾아야 합니다. 정절의 여신 아르테미스(Artemis)에게 사랑의 성취를 기원하거나, 사랑의 신 에로스(Eros)에게 재물을 비는 건 감나무 밑에서 입 벌리고 누워 있는 것보다 더 어리석은 일입니다.

신을 부르려면 그 신을 정확하게 그려줘야 합니다. 모양새든 능력이든 제대로 묘사하고 불러야 응답을 합니다. 시인은 서풍에게서 거듭나게 해주는 능력을 발견하고 그를 기도의 대상으로 삼아 부릅니다.

첫째 연에서는 땅위의 서풍을 그리고 있습니다. 가을에 죽은 나뭇잎과 씨앗을 몰고 가는 서풍은 봄이 오면 그 나뭇잎을 거름으로 하여 씨앗이 거듭나게 해줍니다. 편서풍은 가을이든 봄이든 서쪽에서 불어옵니다. 가을에는 나뭇잎과 씨앗을 몰고 가고 봄이 오면 그 씨앗을 싹트게 합니다. 마른 나뭇가지를 흔들어 새로운 생명이 다시 움트게 하는 것입니다.

둘째 연에서 그리고 있는 하늘의 서풍도 같은 역량을 발휘합니다. 구름을 몰고 가서 생명의 비를 내리게 합니다. 가을에 불어오는 서풍은 한해가 저물고 있다는 걸 알려줍니다. 동시에 새해가 곧 밝아온다는 의미도 함축합니다. 파괴자이면서 보존자, 혹은 파괴를 통한 창조를 도모하는 모습들입니다,

셋째 연에서는 바다에서의 서풍의 풍모를 그리고 있는데 역시 파괴자이자 보존자로서의 모습입니다. 지중해 연안에는 귀족들의 별장이 많습니다. 서풍이 불어 지중해 수면이 흔들리면 물에 비친

옛 궁성과 탑들을 닮은 별장들의 형체가 헝클어집니다. 마치 프랑스혁명으로 구체제의 성과 탑들이 무너져 내리듯. 대서양 바다에서도 가을 서풍이 불어오면 해초들이 육지의 식물들처럼 옷을 벗습니다. 거듭남의 준비를 하는 것이지요.

이렇게까지 정성스럽게 신(서풍)을 묘사하며 불렀는데 모르쇠할 리는 만무합니다. 이제 시인은 땅과 하늘과 바다에서 서풍에 의해 추동되는 낙엽, 구름, 파도와 스스로를 비교하며 자신의 처지를 뒤돌아봅니다. 한때 서풍 못지않게 자유롭고 통제 불가능했는데 이제 세월에 길들여지고 습관과 인습의 노예가 되어 자존심마저 잃고 말았습니다. 시인은 이를 "인생의 가시밭에 쓰러져 피를 흘린다"고 표현하고 있습니다. 절절합니다. 어떤 이들은 너무 감상적이라고도 하지만 시인에게 인습에 젖는 것은 피를 흘리는 것보다 참혹한 일입니다.

이렇게 자신의 처지를 고백한 시인은 이제 구체적으로 염원을 기도합니다.

강렬한 정령이여 그대 나의 정령이 되라! 강력한 자여 내가 되라.
나의 죽은 생각들을 온 우주로 휘몰고 나가라
새로운 탄생을 재촉하기 위해 시든 나뭇잎을 몰고 가듯
이 시의 주문을 통해
나의 말들을 온 인류에 퍼트려라
꺼지지 않은 화로로부터 재와 불티를 흩뿌리듯
나의 입술을 통해 아직 깨어나지 않은 대지에
예언의 나팔수가 되라 오 바람이여!
겨울이 오면 봄이 어찌 멀리 있다 하리오?

진정한 시인이 공포를 말하면 온 세상은 이제까지 거들떠보지도 않았던 두려움에 휩싸이게 됩니다. 진정한 예언자-시인이 희망을 얘기하면 절망에 허덕이던 사람들은 새로운 희망에 공감하기 시작합니다. 구약의 이사야나 에스겔은 늘 현실타령을 하는 통치자들과 불화합니다. 현상 너머 하나님의 섭리(Providence)를 보기 때문입니다. 인습에 젖고 습관의 노예가 되면 무망한 일입니다. 그들이 기행을 일삼는 것도 이런 인습이나 습관에서 벗어나기 위해서입니다.

시인과 친해야 하는 이유가 여기에 있습니다. 시를 자주 읽어야 하는 것도 이 때문입니다.

얼마 전 음유시인 정태춘과 박은옥 공연에 다녀왔습니다. 오랜만에 감동에 젖어 스스로의 나태한 삶을 뒤돌아봤습니다. 뒤풀이 자리에서 음유시인으로서의 고뇌도 들었습니다. 왜 지난 10여 년간 음악활동을 접었는지, 왜 다시 40주년 기념으로 전국 순회공연을 기획했는지도.

핵심은 인습에 젖지 않겠다는 것이었습니다. 시인 셸리처럼. 음악을 접은 것도 음악을 다시 시작하게 된 것도. 순회공연이 끝나고 나면? 아직 정해진 게 없다 했습니다. 항상 주어진 그 자리 그 상황에 충실하게 대응하겠다는 것이었습니다. 공연의 반응은 폭발적이었는데 그것에 연연하지 않는 모습, 거기에서 과거와 현재, 미래를 꿰뚫어보는 참다운 음유시인의 모습을 보았습니다. 인습에 굴하지 않는 예언자-시인의 풍모도 엿볼 수 있었습니다. 세상과 불화하며 오롯이 자기 정체성을 고집하는.

이 시를 읽으며 스스로를 뒤돌아보는 귀한 기회를 가져보기 바랍니다. 세상의 눈을 의식해서 내 소망과 꿈을 접어버린 건 아닌지. 유행 쫓느라 자기 정체성은 내팽개치고 있는 건 아닌지. 남이 장에 간다고 망건 쓰고 따라 나선 꼴은 아닌지. 어쭙잖은 경험 내세워 자식들 앞길 막고 있는 건 아닌지. 인생의 가시밭에 쓰러져 피를 흘리면서도 가시가 무엇이고 피가 무엇인지도 모른 채 그냥 텔레비전에 취해 지내고 있는 건 아닌지.

거듭남은 다시 태어나는 것이자 원래의 모습으로 되돌아가는 것입니다. 우리들 존재 본연의 모습을 되찾는 일입니다. 셸리의 시와 정태춘의 노래가 이런 소중한 여정의 길잡이가 되었으면 참 좋겠습니다.

발견의 즐거움

키츠의 「채프먼의 호머를 처음 읽고」
("On First Looking into Chapman's Homer")

나는 황금의 땅들을 두루두루 여행했으며

수많은 훌륭한 나라들과 왕국들도 보았네.

시인들이 아폴로 신에게 충성을 다하는

많은 서쪽 섬나라들도 돌아다녔지.

깊은 이마의 호머가 자신의 영토로 다스리는

드넓은 땅에 대한 이야기는 자주 들었지만

채프먼이 우렁차고 대담하게 말하기 전까지는

미처 그 순수하고 고요한 공기를 맛보지 못했다네.

그때야 비로소 난 새로운 행성이 시야 속으로 헤엄쳐 오는 걸

발견한 하늘의 관측자 같은 느낌이 들었지.

혹은, 모든 부하들이 제멋대로의 추측으로 서로를 바라볼 때,

독수리눈으로 태평양을 지켜보며

다리엔의 봉우리에 말없이 서 있던

강건한 코르테즈와 같은 느낌이 들었다네.

Much have I travell'd in the realms of gold,

And many goodly states and kingdoms seen;

Round many western islands have I been

Which bards in fealty to Apollo hold.

Oft of one wide expanse had I been told

That deep-brow'd Homer ruled as his demesne;

Yet did I never breathe its pure serene

Till I heard Chapman speak out loud and bold:

Then felt I like some watcher of the skies

When a new planet swims into his ken;

Or like stout Cortez when with eagle eyes

He star'd at the Pacific—and all his men

Look'd at each other with a wild surmise—

Silent, upon a peak in Darien.

영국 낭만주의 대표적 시인 키츠(John Keats, 1795-1821)가 21세 때 쓴 소네트입니다. 새로운 발견의 감격을 절절한 비유를 통해 잘 그려낸 이 시는 새로운 시인의 탄생을 알리는 작품으로도 유명합니다. 키츠는 이후 다른 시인들은 수십 년 동안에도 이룰 수 없는 엄청난 시적 성취를 5년여에 걸쳐 거둡니다. 주옥같은 명시를 폭포수처럼 쏟아낸 것입니다. 워즈워스가 표현대로 '강력한 감정의 자발적 흘러넘침'이 이어졌습니다.

독서의 위대한 힘을 설명할 때도 그렇고 번역의 중요성을 강조할 때도 자주 인용되는 작품입니다. 채프먼(George Chapman, 1559?-1634)이 번역한 호머의 『일리아드』와 『오디세이』를 밤새 읽고 난 키츠가 다음날 아침에 그 감격을 시로 표현한 것이라고 합니다. 독서를 통해 새로운 세상과 접하게 되었는데 그 독서가 제대로 된 번역이어서 가능했던 일입니다.

시인을 꿈꾸던 키츠는 다른 나라 시인들의 작품세계('황금의 땅', '나라', '왕국')를 섭렵합니다. 자신이 살고 있는 영국과 아일랜드('서쪽 섬들') 시인의 작품들도 찾아 읽습니다. 여기에서 아폴로는 시를 관장하는 신. 그러므로 그에게 충성한다는 것은 시 쓰는 일에 열심이라는 뜻으로 새길 수 있습니다.

그러나 위대한('깊은 이마') 호머의 작품세계는 풍문으로만 들었지 직접 접하지는 못했습니다. 그러다가 드디어 채프먼이 번역한 『일리아드』와 『오디세이』를 만난 것입니다.

시인은 그 감격을 두 개의 비유로 생생하게 그려냅니다. 첫 번째는 새로운 행성을 발견한 천문학자의 감동에 견주는 것이며, 다른 하나는 태평양을 처음 목도한 탐험자의 놀라운 환희와 연결시킵니다.

새로운 별을 발견한 감격이야 더 설명이 필요가 없겠지만 '태평양의 발견'은 약간의 부연이 필요하겠지요. 대서양을 세상의 끝으로 알고 있던 서구인들에게 신대륙의 '발견'은 대사건이었습니다. 더구나 그 너머에 대서양보다도 광활한 대양이 있으리라고는 상상도 못했습니다. 그러니 태평양은 분명 놀라운 '발견'이었지요.

이 시에서는 당시의 상황을 함축적으로 잘 그려냅니다. 먹잇감을 노리는 독수리의 눈은 매섭습니다. 놀라움은 갖가지 추측성 소곤거림으로 표출될 수도 있고 멍한 침묵으로 대변될 수도 있습니다.

이 부분에서 약간의 논란거리가 제기됩니다. 최초로 태평양을 발견한 사람이 코르테즈가 아니라 발보아(Vasco Ballboa)라는 것입니다. 코르테즈는 멕시코를 발견한 사람이고요. 멕시코 고원에서 사냥하고 태평양 연안에서 헤엄치며 놀던 원주민들에게는 '발견'이라는 말이 가당치도 않겠습니다만, 어찌 되었든 이로 인해

'역사적 사실'과 '시적 진실'과의 관계가, 적어도 서구인들에게는, 진지한 논의거리가 되었습니다. 결론은? 사실적 오류로 인하여 예술적 가치가 상실되지는 않는다!

또 하나 상기할 일은 서구문학에서 호머가 차지하는 위상입니다. 키츠는 많은 시를 섭렵하다가 최종적으로 『일리아드』와 『오디세이』를 접했다고 했습니다. 원어로 읽지 못했으니 늦어진 것으로 볼 수도 있지만, 지극한 흠모와 존중의 마음을 행간에서 감지할 수도 있습니다. 보통 가장 소중한 것은 맨 나중에 소개하잖아요? 그리스 비극과 더불어 인류 최고의 문학유산으로 꼽히는 서사시의 원천에 대한 기대와 찬양이 시 전반에 깔려 있습니다.

그런 의미에서 제목도 꼼꼼하게 새길 일입니다. '채프먼의 호머를 처음 읽고'로 번역했지만 'looking into'의 사전적 의미는 '면밀하게 들여다보다' '조사하다'입니다. 중요한 작품이기 때문에 대충 훑어보지 않고 정독했다는 의미를 담고 있는 것입니다.

새로운 세계의 발견은 우연히 이루어질 수도 있습니다. 거기에 열망과 진정성이 더해지면 그 우연이 필연이 되고 삶의 중요한 전기로 자리 잡게 됩니다. 그것이 여행일 수도 있고 독서일 수도 있고. 이 시에서 독서과정을 여행으로 그린 것도 그런 의미에서일 것입니다.

불멸의 새에 대한 찬가

키츠의 「나이팅게일 송가」

("Ode to a Nightingale")

그대는 죽으려고 태어나지 않았다, 불멸의 새여!

그 어떤 굶주린 세대도 그대를 짓밟지 못하리라.

지나가는 이 한밤에 내가 듣는 이 노래 소리

옛날 황제도 광대와 함께 들었으리,

어쩌면 똑같은 저 노래가 낯선 땅 밀밭에서

고향을 그리워하며 눈물지던

룻의 슬픈 가슴 속에도 사무쳤을 것이며,

또한 저 노래는 아득한 요정나라 위험한 바다의

그 휘날리는 파도를 향해 열린

마법의 창문도 자주 매혹시켰으리라.

Thou wast not born for death, immortal Bird!

No hungry generations tread thee down;

The voice I hear this passing night was heard

In ancient days by emperor and clown:

Perhaps the self-same song that found a path

Through the sad heart of Ruth, when, sick for home,

She stood in tears amid the alien corn;

The same that oft-times hath

Charm'd magic casements, opening on the foam

Of perilous seas, in faery lands forlorn.

키츠의 명작 「나이팅게일 송가」의 한 부분입니다. 개인적으로 매우 특이한 체험과 연결되어 더욱 아끼게 된 작품입니다.

40여 년 전 대학시절의 얘기입니다. 당시 영시를 담당했던 나이든 교수님께서는 책도 없이 강의실에 들어와 이 부분을 칠판에 쓰셨습니다. 학생들이 필기를 하는 동안 학생들 사이를 오가며 여러 가지로 말을 걸었습니다. "자네는 영문관가? 화장이 좀 진해. 미대 학생 같아!" 그러면서 사탕을 나눠주기도 했습니다. 정작 시에 대한 설명을 시작하려다 보면 강의 시간이 거의 다 지나가서 다음 시간을 기약해야 했습니다. 그런데 다음 시간에도 비슷한 상황이 반복되었습니다. 이 부분만 가지고 한 달여를 보냈던 것 같습니다.

그러다 4월, 본격적인 유신반대 시위의 계절. 교내에는 휴교령이 떨어지고 모든 강의는 자습과 과제물 제출로 대치됩니다. 말하자면 한 학기 동안 이 열 줄의 시를 배우고 낭만주의 영시 학점을 받게 된 것입니다.

그러니 이 시가 얼마나 절절하게 남아 있겠습니까? 실제로 대학원에 진학하여 논문 준비를 하면서 블레이크와 키츠를 두고 오래 고민을 하게 되는데 그 원인으로도 작용했을 것입니다. (나중에 이 교수님을 석사논문 지도교수로 모셨는데 완성된 논문을 들고 찾아뵈었을 때 "왜 블레이크를 써? 키츠를 써야지!" 하셨습니다. 이게 이분의 유일한 지도내용이었습니다!)

낭만시인들에게 새는 중요한 영감의 원천입니다. 대개는 인간적 한계를 넘어선 존재로 그려집니다. 날개를 통해 공간적 한계를 넘어설 수 있기 때문이기도 하고 그 놀라운 노래 솜씨 덕분이기도 합니다. 시인 셸리에게 종달새는 지상적인 것을 조롱하는 존재('scorner of the ground')로서 그 어떤 환희의 가락이나 소리보다 더 훌륭한 가르침을 제공해주는 교사입니다. 이 시에서도 나이팅게일은 질병, 노쇠와 죽음 등으로 대별되는 인간적 상황 너머의 세계를 상징합니다.

이 송가는 나이팅게일의 행복한 노랫소리를 듣고 황홀경에 빠진 시인 자신의 마음상태에 대한 묘사로 시작됩니다. 그것은 아편이나 독약을 마셨을 때와 같은 무의식 혹은 무감각 상태와 흡사합니다. 그러나 이것이 시기심에서 비롯된 것이 아님을 시인은 애써 강조합니다. 그것은 인간 세상에서는 경험할 수 없는 영원한 아름다움의 가능성을 새의 노래에서 확인한 행복감에서 비롯된 것입니다.

이는 초반의 마취상태와 대조를 이루는데 이는 마치 어두운 망각의 강을 건너 밝은 의식의 해안에 도달한 듯한 모습이라 할 수 있습니다. 이러한 분위기는 2연에서도 계속됩니다. 이런 행복의 상태가 우리들 일상에서는 지속될 수 없습니다. 벗어나야 합니다. 벗어나 나이팅게일의 숲 세계로 들어가야 합니다. 정상적으로는 불가능한 일입니다. 술의 힘을 빌면 가능할 수도 있겠습니다. 그러나 평범한 술로는 안 됩니다. 나이팅게일의 세계와 비견할 수 있는 것이어야만 합니다.

그 술은 유럽인들이 동경하는 남유럽 지중해 연안의 따사로움이 담겨 있어야 합니다. 그러면서 동시에 땅속 깊이 오랫동안 보관해야만 가능한 농익은 시원함을 간직하고 있어야 합니다. 모순적입니다. 유한한 인간적 일상에서는 양립할 수 없습니다. 그래도 이정도는 되어야 나이팅게일의 경지에 다다를 수 있습니다. 질병과 죽음으로 뒤엉킨, 또 아름다움이 영원할 수 없으며 사랑도 충족될 수 없는, 유한한 인간의 세계를 벗어나기 위해서는 이런 정도 마법적인 술의 도움이 필요한 것입니다.

그러나 이처럼 술이 갖는 마취의 힘에 의존하는 것은 마약의 도움으로 무의식이나 망각의 상태에 빠져버리는 것과 다를 게 없습니다. 여기서 시인은 병적인 무의식 상태로의 함몰욕구를 거부하고 시, 즉 상상력의 힘을 빌려 나이팅게일의 세계에 도달하려 합니다.

상상력은 분명 마법의 술만큼 효과적이지는 못합니다. 그러나 술의 힘에 의존하면 제대로 느낄 수 없습니다. 수단만 정당하지 못한 것이 아니라 그 결과도 실질적이지 못합니다. 무의식이나 마비의 상태에서는 나이팅게일의 경지를 제대로 감지할 수 없는 것입니다.

조금 더디기는 했지만 시의 날개를 타고 드디어 나이팅게일의 세계로 접어들었습니다. 그곳은 부드러운 밤으로 뒤덮여 있으며 달의 지배를 받고 있습니다. 이와 같이 부드럽고 여성적이며 느슨한 상태가 키츠에게는 고양된 각성(awareness) 혹은 창조성(creativity)의 상태입니다. 오래 지속되지는 못하지만 적어도 이 상태에서는 상상의 날개 짓이 매우 활달합니다. 감각의 눈은 닫히고 마음의 눈이 활짝 열립니다.

이 상상의 눈앞에 싱그러운 오월의 꽃들이 만발해 있습니다. 감각세계에 대한 시인의 매우 섬세하고 정교한 '환희의 반응'(delighted response)을 확인할 수 있는 대목입니다.

나는 볼 수 없다, 무슨 꽃이 내 발 근처에 있는지,

또 무슨 부드러운 향기가 가지들에 매달려 있는지,

그러나 향긋한 어둠 속에서, 짐작해 본다.

이 계절의 달이 풀과, 덤불과, 야생 과일나무에

주는 각각의 향기를,

하얀 아가위와 목가에 등장하는 찔레꽃,

잎 속에 가려진 빨리 시드는 오랑캐꽃,

그리고 5월 중순에 가장 일찍 피어나는

술 이슬 가득 품고 있는, 여름밤이면 날벌레들이

웅웅 모여드는 막 피어나는 들장미를,

그런데 이러한 상상의 원인이 되는 부드러운 향기('soft incense')나 향긋한 어둠('embalmed darkness'), 술 이슬('dewy wine') 등은 그 뒤에 이어지는 병적(morbid)인 분위기를 예비하고 있는 듯합니다. 향긋한(embalmed)은 시신의 냄새를 누그러뜨리기 위한 국화꽃 향기와 같은 향입니다. 죽음의 내음입니다. 그것들은 고뇌와 불행으로 가득한 현실세계로부터 망각의 상태로 멀리 사그라지거나('fade far away') 녹아 사라지고('dissolve') 싶은 시인의 이전 욕구와 연결됩니다. 시인은 여름 저녁 날벌레들의 웅웅거리는 소리에서 장송곡을 상상하며 죽음에 대한 유혹을 느끼게 되는 것입니다.

이번에는 육신의 귀 대신 내면의 귀가 열립니다. 극한 환희에 처하면 우리는 죽음을 생각합니다. '아, 이대로 죽었으면!' 하는 것입니다. 죽음을 통해 그 환희를 영원한 것으로 만들고 싶은 욕망에 자기도 모르는 사이 사로잡히게 됩니다. 이는 슬픔의 극복을 위하여 슬픔 자체에 탐닉하라던 「우울부」에서의 충고와도 연결됩니다. 죽음에 의해 야기되는 인간적 유한성의 한계를 뛰어넘기 위하여 바로 그 죽음 속으로 함몰해버리고자 하는 욕구 말입니다.

시인 키츠에게 죽음은 단순한 생의 포기가 아닙니다. 삶의 절정이며 완성이고 동시에 시나 명예, 아름다움보다도 더 강력한 생의 최고 술이자 안주('high mead')입니다. 그것은 유한한 인간 삶을 뛰어넘어 영원으로 통할 수 있는 문입니다. 미인이 빛나는 눈('lustrous eyes')을 계속하여 간직할 수 없는 상황에서 영원 세계의 문을 열어줄 수 있는 사치품('luxury')입니다. 그러기에 그 죽음을 편안하며('easeful') 부드러운 이름('soft names')으로 부르는 것입니다.

그러나 이러한 황홀경 속에서 시인은 나이팅게일의 노래와 대비되는 유한성(mortality)을 더 절실하게 느끼게 됩니다. 감각이 마비되어 흙덩이('sod') 같은 존재가 되고 말았습니다. 그 노래가 진혼곡('requiem')으로 들립니다. 불멸의 나이팅게일 노래를 통해 자신의 필멸성을 더욱 절감하게 된 것입니다.

하여 위에서 인용한 불멸의 새에 대한 찬가가 이어집니다. 아무리 굶주린 세대라 해도 나이팅게일의 노래를 짓밟지는 않을 것입니다. 아무리 배가 고파도 새를 생계 수단으로 삼지는 않을 것입니다. 아무리 힘겨운 세대라도 나이팅게일의 노래에 무감하지는 않을 것입니다. 물론 여기에서 어떤 특정 개체의 새가 불멸하다('immortal')는 것은 아닙니다. 그 새가 부른 노래의 감동이 시간과 공간을 초월하여 지속적으로 이어질 것이라 찬양하고 있는 것입니다.

이 대목에서 시인의 상상력은 무한으로 확산됩니다. 우선 황제와 광대가 함께 걷던 그 옛날 궁궐 뜨락을 찾아갑니다. 새 노래의 감동은 신분의 귀천을 가리지 않습니다. 천하를 호령하던 황제도 그 곁에서 우스갯소리로 시중을 들던 어릿광대도 함께 감동시켰을 것입니다. 그 처지에 따라.

이번에는 『구약』의 「룻기」(The Book of Ruth) 무대를 찾아 나섭니다. 낯선 땅으로 시집가 홀로 시어머니를 모시는 룻, 남의 밭에서 이삭을 주워가며 근근이 생계를 꾸리는 처지가 외롭고 처연합니다. 전장에 나간 남편도 그립고, 고향에 계신 부모님을 생각하니 더욱 가슴은 먹먹하고. 그런데 하늘을 자유롭게 날아다니는 나이팅게일을 마주하게 됩니다. 그 황홀한 노래까지! 가슴으로 무엇인가 저릿한 것이 훑고 지나갔을 것입니다. 나도 저렇게 날 수만 있다면! 전장에서 남편도 저 노래들 듣고 내 생각을 하고 있을까? 고향에 계신 어머니 아버지도 저 노래를 듣고 계시겠지?

이번에는 더 아득하게 먼 요정의 나라를 찾아 나섭니다. 마법사에 홀려 납치당한 고귀한 처녀가 바닷가 마법의 성에 갇혀 있습니다. 창밖으로 보이는 것은 집어삼킬 듯 밀려드는 파도와 망망대해뿐. 그러던 어느 날 나이팅게일이 노래를 하며 창 너머로 날아가는 것입니다. 그 황홀한 노래는 홀로 갇힌 처녀의 딱한 처지를 더욱 절감케 합니다. 나도 저 새처럼 자유롭게 날아 내 집으로 갈 수 있으면 얼마나 좋을까?

무한으로 펼쳐지던 상상의 날개는 아득하게 먼('forlorn')이라는 말에 걸려 마법에서 벗어나게 됩니다. 너무 멀리 왔다는 걸 깨닫게 되는 것입니다. 그 이후는 낭만시들이 흔히 보여주는 현실로의 복귀과정입니다. (낭만)시는 땅에서 출발하여 공중을 돌다가 다시 땅으로 돌아오며 끝을 맺습니다. 지상의 어떤 것에 영감을 받아 상상의 날개를 펼치다가 다시 현실세계로 돌아오는 것입니다.

시인은 이제 나이팅게일의 세계로 자신을 속여 안내했던 상상력('fancy')에게 작별을 고합니다. 나이팅게일의 노래는 "가까운 목장을 지나, 고요한 시내 위로, 언덕 위로" 사라져 다음 골짜기에 깊게 묻혀 있습니다. 다시 자기 자리로 되돌아온 시인은 그래서 스스로에게 묻습니다.

이게 환상인가? 아니면 백일몽인가?
그 음악은 사라졌네. 나는 깨어 있는가? 잠을 자고 있는가?

우울, 피하지 말고 탐닉하라

키츠의 「우울 송가」
("Ode on Melancholy")

아니 절대로 망각의 강으로 가지 마세요. 독 와인을
얻기 위해 뿌리가 촘촘한 독 나물을 쥐어짜지도 마세요.
당신의 창백한 이마를 밤의 독초나
지하여왕의 다홍빛 포도가 키스하게 두지도 말아요.
주목나무의 열매로 당신의 염주를 만들지 말아요.
딱정벌레도 죽음의 나방도 당신의 슬픈 영혼이
되게 하지 말고, 솜털투성이 부엉이를
당신 슬픔 수수께끼의 짝으로 삼지도 말아요.
어둠에 어둠이 너무나 졸리게 꾸벅꾸벅 찾아와,
당신 영혼의 생생하게 깨어있는 고뇌를 익사시켜 버릴 테니까

그보다는, 우울의 발작이,
고개 숙인 온갖 꽃들을 자라게 하고
푸른 언덕을 4월의 수의로 숨겨버리는,
눈물 흘리는 구름처럼 갑자기 하늘에서 떨어질 때면
아침 장미 위에서 당신의 슬픔을 실컷 맛보세요.
혹은 바다 모래 물결의 무지개 위에서,

혹은 풍성한 둥근 모란들 위에서,

혹은 당신 여인이 크게 화를 낸다면,

그녀의 부드러운 손을 구속한 채, 그녀를 포효하게 하시고

비할 데 없이 아름다운 그녀의 눈을 깊이 응시하세요.

그녀(우울)는 죽을 수밖에 없는 아름다움과 함께 살고 있어요.

작별을 고하려 입술에 손을 대고 있는 환희와

함께 있으며, 꿀벌의 입이 빠는 동안

독으로 변하고 마는 저리는 즐거움 곁에 있어요.

아, 바로 그 기쁨의 신전에

베일을 쓴 우울이 최고의 성소를 갖고 있어요.

강인한 혀가 민감한 입천장에 압박을 가하여

환희의 포도를 터트려 본 자가 아니라면 맛볼 수 없겠지만,

그런 이의 영혼만이 그녀 힘의 슬픔을 맛볼 것이며

그녀의 구름 낀 전리품 사이에 걸려 있을 것입니다.

No, no, go not to Lethe, neither twist

Wolf's-bane, tight-rooted, for its poisonous wine;

Nor suffer thy pale forehead to be kiss'd

By nightshade, ruby grape of Proserpine;

Make not your rosary of yew-berries,

Nor let the beetle, nor the death-moth be

Your mournful Psyche, nor the downy owl

A partner in your sorrow's mysteries;

For shade to shade will come too drowsily

And drown the wakeful anguish of the soul.

But when the melancholy fit shall fall
Sudden from heaven like a weeping cloud,
That fosters the droop-headed flowers all,
And hides the green hill in an April shroud;
Then glut thy sorrow on a morning rose,
Or on the rainbow of the salt sand-wave,
Or on the wealth of globed peonies;
Or if thy mistress some rich anger shows,
Emprison her soft hand, and let her rave,
And feed deep, deep upon her peerless eye.

She dwells with Beauty—Beauty that must die;
And Joy, whose hand is ever at his lips
Bidding adieu; and aching Pleasure nigh,
Turning to poison while the bee-mouth sips:
Ay, in the very temple of Delight
Veil'd Melancholy has her sovran shrine,
Though seen of none save him whose strenuous tongue
Can burst Joy's grape against his palate fine;
His soul shall taste the sadness of her might,
And be among her cloudy trophies hung.

키츠의 주요 작품을 지배하고 있는 강박적 정서는 우울(증)을 어떻게 극복할 것인가 입니다. 우울은 인간의 유한성, 즉 죽을 수밖에 없는 인간의 운명에 대한 깨달음에서 비롯됩니다. 더 자세하게 살피면 이러한 깨달음과 유한성을 극복하고 싶어 하는 욕망과의 갈등 혹은 그 간극에서 야기되는 것입니다.

「밝은 별」("Bright Star") 소네트에서 그려냈듯이, 시인은 하늘에서 밝게 빛나는 별처럼 영원하고 싶어 합니다. 그러나 인간적 온기('all breathing human passion')를 포기하면서까지 그렇게 되는 건 꺼립니다. 그는 "외로운 광휘 속에서"(in lone splendor)가 아니라 사랑하는 이의 풍만한 가슴('love's ripening breast')을 베고서 영원하고 싶은 것입니다.

인간적이면서 영원하고 싶은 욕망이 우울증의 출발점입니다. 이것이야말로 진지한, 그래서 우울한 시인 키츠의 주요 작품들의 특징이라 할 수 있습니다.

인간이 감지하는 아름다움은 유한하다는 생각, 인간이 향유하는 즐거움은 절망적으로 덧없고 일시적이라는 생각, 인간이 느끼는 행복감도 절정에 달하는 순간 불가피하게 다른 어떤 것으로 변할 수밖에 없다는 생각 등이 이 시의 출발점입니다. 물론 처음부터 이러한 정서가 노출되지는 않습니다. 오히려 마지막 연에 가서야 분명하게 표현되고 있습니다. 이 시의 주된 관심은 우울한 감정을 견딜 수 있게 해줄 수단을 제공함으로써 우울을 극복하거나 화해할 수 있는 방법을 모색하려는 것입니다.

시인이 추천하는 방법은 슬픔을 온 마음으로 탐닉하라는 것입니다. 이는 어쩌면 마음이 나약한 사람이 가질 수 있는 감상적인 기분일 수 있습니다. 그러나 이 시에서 제시하는 건 그러한 게 아닙니다. 그렇다고 적극적인 방법을 제시하지도 않습니다. 우선 우울

증에 휩싸인 사람들이 빠지기 쉬운 유혹을 거부하라는 것부터 시작합니다.

이는 망각 혹은 자살 등을 통해 슬픔으로부터 안이한 도피를 꾀하지 말라는 것입니다. 이것을 감상적인 나약함으로 봐서는 안 됩니다. 오히려 자신의 슬픔을 제어할 줄 알아야 한다는, 진지하고도 굳건한 도덕성과 궤를 같이 하는 것입니다. 그러나 키츠가 이런 도덕적 관점에서 읊조리고 있는 건 아닙니다. 충고의 이유는 전혀 다른 각도에서 제시됩니다.

슬픔으로부터 안이하게 도피하려는 건 분명 잘못된 일입니다. 그것이 비겁하거나 부도덕한, 혹은 불경스러운 일이어서가 아닙니다. 안이한 도피는 '영혼의 생생하게 깨어있는 고뇌'('the wakeful anguish of the soul')를 여실히 느끼지 못하게 만들기 때문입니다. 그러니까 안이하게 피하지 말고 우울 그 자체를 생생하게 느껴보라는 것이지요. 이는 도피의 무용성에 기인한 것이기도 하지만 생의 가치에 대한 긍정적인 믿음에서 나온 것이라고 할 수 있습니다. 우울이 기본적으로 생의 유한성에서 기인한 것이기 때문에 그 근본적인 원인을 없애버리는, 아니면 그것을 느끼는 주체를 파기해 버리는, 죽음이나 마취가 해결 방안일 수도 있습니다. 생의 유한성이 우울의 원인이 되는 건 생이 그 만큼 가치가 있기 때문입니다. 그러므로 그것을 더 철저하게 느끼는, 그 풍성함 속에 함몰해버리는 게 바람직한 태도일 수 있는 것입니다.

생에 대한 의식은 2연에 잘 드러나 있습니다. 시인은 우울이 몰아닥칠 때 어떻게 해야 하는지를 얘기합니다. 물론 안이한 도피는 아닙니다. 여기에서 우울에 대한 수식어에 특히 유의할 필요가 있습니다. 우울을 "눈물 흘리는 구름처럼"이라 묘사하고 있습니다.

슬픔과 울음은 밀접한 연관관계를 갖기 때문에 "눈물 흘리는"이라는 말이 자연스러울 수 있습니다. 문제는 그 주체가 사람이 아니라 구름이라는 것입니다. 그것은 슬픔을 머금은 인간 심성의 투영일 수도 있지만, 동시에 수분이 부족해서 고개를 떨군 꽃들에게 생명수를 뿌려주는 모습이기도 합니다. 그것은 다시 초록의 들판을 "사월의 수의"로 뒤덮습니다. 수의가 죽음이나 장례식과 연결되는 말이기에 우울의 속성에 어울리기도 하지만, 여기에서는 새 생명을 불어 넣어주는 싱그러운 들판과 연결되어 있습니다.

이러한 비유를 통해 시인이 나타내고자 하는 건, 우울이 인간적인 것의 유한성으로 인한 단순한 울적함이 아니라 오히려 생명력을 가져다준다는, 아니면 줄 수 있다는 사실입니다.

물론 우울이 직접적으로 생명력과 연결된다고 명백히 밝히고 있는 부분은 없습니다. 다만 "눈물 흘리는"과 "배양하는", "수의"와 "신록의 언덕"을 대비시킴으로써 우울이 생명력 및 재생과 연결될 수 있다는 걸 암시합니다. 3연에서 잘 제시되어 있는 인생의 패러독스를 위한 길 닦음을 하고 있는 것입니다.

2연의 마지막 부분에서는 슬픔에의 탐닉이나 함몰이라는 시인의 충고가 부정적인 어법이 아니라 적극적인 형태로 제시됩니다. 여기에서 우리는 상반되는 것들이 서로 긴밀하게 연결되어 있음을 발견할 수 있습니다. 맑은 아침 장미에 서려 있는 슬픔이라는 표현에서 우리는 모든 즐거움과 화려함 속에는 불가피한 요소로 슬픔이 깃들어 있는데, 슬픔으로부터 도피하기보다는 그것을 견디는 방법으로 탐닉하거나 혹은 그 속에 함몰해버리라는 시인의 충정을 대할 수 있습니다. 이 연의 마지막 3행도 이러한 관점에서 쉽게 해석될 수 있습니다. 연인의 '풍성한 분노'가 슬픔의 원인인데 그녀를 더욱 분노하게 해서 분노로 가득 찬 그녀의 눈 속에 깊이깊이 빠져버리라는 의미에서 말입니다.

이 시가 여기에서 끝났다면 '여인'은 어떤 사람이 사랑하는, 그녀의 분노가 그의 슬픔의 원인이 되는 '냉정한 여인' 정도로 간주될 것입니다. 그러나 '여인'은 마지막 연의 '그녀'와 일치하면서 결국 우울을 의인화했음이 드러납니다. 아름다움은 죽을 수밖에 없고 그래서 우울이 깃들어 있으며, 인간이 향유하는 모든 즐거움에는 고통이 불가피하게 수반된다는, 결국 인생은 패러독스로 구성되어 있다는, 시인의 첨예한 인식이 잘 드러나는 대목입니다. 그는 이러한 인생의 비극적 진실을 회피하지 않고 과감히 맞부딪히고자, 그래서 그것의 아름다움 및 즐거움은 물론 그것들에 필수적으로 수반되는 슬픔이나 고통까지도 철저하게 느끼며 그 속에 함몰하려는 것입니다.

슬프지만 아름다운 가을의 세 모습

키츠의 「가을에게」

("To Autumn")

안개와 무르익은 과일의 계절,

성숙시키는 태양의 내밀한 친구,

그대는 그와 공모하여 초가집 처마를 휘감는

포도덩굴을 열매로 짐 지우면서 축복하고

이끼 낀 오두막 나무들을 사과로 휘게 하며

열매마다 속속들이 익어가게 하는구나,

또 조롱박을 부풀리고 개암 껍질 속

달콤한 속살을 여물게 하며, 꿀벌들을 위해

늦은 꽃망울을 더욱 피어나게 하여 그들로 하여금

더운 날이 아직 끝나지 않을 것이라 믿게 하는구나,

여름이 끈적끈적한 벌집을 흘러넘치게 하였으니.

자주 수확물 사이에 있는 그대를 누군들 보지 못했을까?

때로는 밖에서 찾아 헤매던 이들이 곳간 마루에

키질하는 바람에 머리칼을 부드럽게 들어 올린 채

근심 걱정 없이 앉아 있는 그대를 보았을 것이며

아니면 낫질을 하다 말고 양귀비 향기에 취해 졸린 듯

다음 이랑의 곡식과 뒤엉킨 꽃들을 남겨둔 채
반쯤 베어낸 밭두렁에 깊이 잠들어 있는 그대를,
때로는 이삭 줍는 사람처럼 개울 건너로
짐 진 머리를 계속 향하고 있거나
사과 착즙기 곁에서 끈질긴 시선으로 마지막
방울까지 몇 시간을 응시하는 그대를 보았을 것이니.

봄의 노래는 어디에 있는가? 아 어디에 있는가?
그것들 생각하지 말자. 그대 또한 그대의 노래가 있으니
줄무늬 구름이 부드럽게 죽어가는 날들을 꽃피우며
그루터기 들판을 장미 빛으로 물들이는 동안
불었다 잦아드는 하늬바람 따라 위로 들렸다가
낮게 가라앉는 강가의 버드나무 사이에서
작은 각다귀들이 서글픈 합창으로 슬피 우나니
다 자란 양떼들은 언덕배기 가장자리에서 울어대고
귀뚜라미는 울타리에서 노래하며, 울새는 채마 밭에서
부드러운 고음으로 휘파람을 불고
모여든 제비들은 하늘에서 지저귀고 있나니.

Season of mists and mellow fruitfulness,
Close bosom-friend of the maturing sun;
Conspiring with him how to load and bless
With fruit the vines that round the thatch-eaves run;
To bend with apples the moss'd cottage-trees,
And fill all fruit with ripeness to the core;

To swell the gourd, and plump the hazel shells
With a sweet kernel; to set budding more,
And still more, later flowers for the bees,
Until they think warm days will never cease;
For Summer has o'erbrimm'd their clammy cells.

Who hath not seen thee oft amid thy store?
Sometimes whoever seeks abroad may find
Thee sitting careless on a granary floor,
Thy hair soft-lifted by the winnowing wind;
Or on a half-reap'd furrow sound asleep,
Drowsed with the fume of poppies, while thy hook
Spares the next swath and all its twinèd flowers:
And sometimes like a gleaner thou dost keep
Steady thy laden head across a brook;
Or by a cyder-press, with patient look,
Thou watchest the last oozings, hours by hours.

Where are the songs of Spring? Ay, where are they?
Think not of them, thou hast thy music too,—
While barrèd clouds bloom the soft-dying day
And touch the stubble-plains with rosy hue;
Then in a wailful choir the small gnats mourn
Among the river-sallows, borne aloft
Or sinking as the light wind lives or dies;

And full-grown lambs loud bleat from hilly bourn;
Hedge-crickets sing; and now with treble soft
The redbreast whistles from a garden-croft;
And gathering swallows twitter in the skies.

키츠의 마지막 작품이자 최고의 걸작으로 간주되는 송시입니다. 자연을 소재로 한 시(nature poetry) 중 으뜸이라고 칭송되기도 하고 '풍경시(landscape poetry)의 완결판'이라고 불리기도 합니다.

이 시는 가을의 세 모습을 담담하게 그려내고 있습니다. 초가을의 무르익어가는 풍요로움, 추수와 어우러진 나른함, 그리고 늦가을의 노래가 그것입니다.

이 시의 진정한 묘미는 '자연시' 차원 너머에 있습니다. "그녀(우울)는 아름다움과 공존한다, 죽어야만 하는 아름다움과"(She dwells with Beauty—Beauty that must die.), "아름다움은 진리이며 진리는 아름다움이다."(Beauty is truth, truth beauty.) 이런 선언이나 공공연한 진술은 담겨 있지 않습니다. 가을에 대해 놀라울 정도로 생생하게 그려내고 있을 뿐 설교의 기미는 보이지 않습니다. 그렇지만 단순한 풍경묘사에만 머무르지도 않습니다.

이 작품 역시 키츠가 집요하게 추구해온 주제인 '인간적 아름다움의 유한성'이라는 연장선 위에 있습니다. 소네트 「밝은 별」에서와 같이 시인은 밝게 빛나는 별처럼 영원하기를 소망합니다. 하지만 먼 하늘에서 외롭고 쓸쓸한 채로가 아니라 인간의 따스한 온기를 느끼며 영원하고 싶다는 불가능한 소망을 갖고 있습니다. 그래서 우울해질 수밖에 없는 것입니다.

「우울 송시」에서는 우울을 극복하는 방안으로 우울 자체로의 함몰을 권합니다. 아름다움은 유한한 것이며 즐거움 또한 작별하는 모습으로 찾아옵니다. 유한하기 때문에 아름답고, 일시적이기 때문에 즐거울 수 있습니다. 아름다움은 필멸과 공존하며 즐거움은 고통과 함께 하는 것입니다.

가을이라는 계절 속에도 성장과 쇠퇴, 풍요와 공허라는 상반 요소가 공존합니다. 「가을에게」는 이 모든 게 일회적이 아니라 순환적이라고 알려줍니다. 죽음은 삶과 죽음이 반복되는 우주적 생명 현상의 한 단계로 그 자체가 끝이 아닙니다. 인간의 유한성은 불가피하지만 결국 더 원대하고 풍성한 영원의 세계를 형성하므로 슬퍼할 이유가 없는 것입니다. 이 작품에는 시인 자신의 자연주의적인 신념, 즉 모든 생명체에게 죽음은 불가피한 것이며, 죽음은 곧 아름다움의 원천, 혹은 불가피한 속성일 뿐만 아니라 이러한 유한성은 모든 예술을 위한 필요조건이라는 믿음이 잘 표현되어 있습니다.

1연에서 가을은 풍요로우면서도 따사로운 계절로 그려집니다. 태양의 친구가 되어 열매가 풍성하게 익어가도록 해주며 꿀벌들을 위해 꽃을 피워주기도 합니다.

그런데 동원되는 단어들은 하나같이 중의적입니다. 1행의 '안개'는 다가오는 겨울날의 차가움과 함께 더 나아가서 죽음까지도 암시합니다. 동시에 따스한 가을날에 피어오르는 아지랑이를 연상케도 합니다. '공모하다'도 원래는 부정적인 의미로 쓰이는 말이지만 여기에서는 '내밀한 친구'와의 친밀도를 강화시켜줌으로써 따스한 인상을 자아냅니다. '짐 지우다'나 '휘게 하다' 등 상서롭지 못한 의미를 함축한 단어들로 가을의 풍요로움을 묘사하는 것도 이유가 있습니다. 인간적 아름다움이나 행복의 유한성이 결국 더 큰 의미의 영원세계를 형성하지만, 그것의 불가피함 때문에 야기될 수 있는 아쉬움 같은 걸 나타내기 위함입니다. 절정이 지나면 내리막길이 있듯이 차가운 겨울의 도래를 연상할 수밖에 없습니다. 하지만 그것은, 마지막 2행에서 그러하듯, 여름날의 따스한 분위기와 연결되어 있기도 합니다.

2연에서는 가을이 더욱 완연하게 의인화되어 나타납니다. 처음에는 추수마당에서 머리를 바람에 날리며 앉아 있는 여인으로, 다음에는 추수가 끝나가는 들판에서 가을 향기에 도취되어 잠이 든 모습으로, 그 다음에는 곡식을 거둔 뒤 사과즙을 짜면서 나오는 방울방울을 바라보며 명상에 잠겨 있는 사람의 모습으로 그려집니다.

2연의 전체적인 분위기는 느긋함과 나른함입니다. 사과즙의 마지막 방울은 불가피한 것이지만 절대적인 종말일 수는 없습니다. 그러니 초조해 하거나 불안해 할 필요가 없습니다. 나른함의 분위기는 환희의 나이팅게일 노랫소리에 취해 야기되는 상황과 비슷합니다. 그것은 비록 유한하지만 절정에 달해 있는 풍요로움에 함몰됨으로써 야기되는 나른함입니다. 그러한 나른함에 빠져 있는 사람에 상응하는 느리고 무거운 분위기는 마지막 2행에서 절정에 달합니다. 그는 무념무상의 황홀상태에 빠져 사과즙의 마지막 한 방울이 떨어지는 모습을 오랜 시간에 걸쳐 바라보고 있는 것입니다.

마지막 연은 화려했던 지난날에 대한 아쉬운 회상으로 시작합니다. 그러나 유감스러워하거나 슬퍼할 필요는 없습니다. 왜냐하면 가을도 가을 고유의 노래를 가지고 있으므로.

가을의 곡조는 어딘지 모르게 슬픕니다. 가을이 가면 겨울이 오고, 그 겨울이 가면 다시 봄이 찾아와 영원한 계절의 순환을 이루지만, 이러한 순환이 인간적인 한계를 의미할 수도 있으므로.

'줄무늬'(barred)가 어떤 한계를 암시하듯 '부드럽게 죽어가는 날'도 죽음을 연상시킵니다. 가을벌레가 노래하는 것도 '서글픈 합창'으로 '슬피 우는' 것으로 묘사합니다. '불었다 잦아드는'(lives or dies) 같은 표현은 생과 사의 무한한 교차를 나타내며, '언덕배기 가장자리'나 '울타리'도 어떤 한계나 경계선을 암시합니다. 마지막 행의 '모여든 제비들'도 차가운 겨울날의 도래를 예견하게 합니다.

그러나 이것들이 절망과 연관된 분위기는 아닙니다. 가을이 나름의 노래를 가지고 있어서만도 아닙니다. '모여든 제비들'이 차가운 겨울을 예고하면서도 불가피하게 또 다른 봄을 예견하도록 만들기 때문만도 아닙니다. 인간의 생이 그러하듯 가을은 유한하지만 그 자체로 완전하고 풍요로운 아름다움의 세계입니다. 어쩌면 이러한 유한성이 인간적인 아름다움과 행복의 근원적인 요소일지도 모릅니다. 그러기에 '죽어가는 날들을' 붉게 '꽃 피운다'고 하는 것이겠지요. 그러니 그러한 한계나 죽음을 두려워하거나 원망할 필요는 없습니다. 제비가 내년에 다시 돌아오듯, 하루가 가면 또 다른 하루가 오듯, 한 개인의 풍요로운 삶은 비록 사라질 수밖에 없지만 그것은 또 다른 삶으로 연결되어 결국 더 큰 의미에서 삶은 영원히 지속되는 것이니까요.

그리워라, 지나간 날들이여

테니슨의 「눈물, 하염없는 눈물」
("Tears, Idle Tears")

눈물, 하염없는 눈물, 나는 그 의미를 알지 못하네

어떤 거룩한 절망의 심연으로부터

가슴에서 솟구쳐 두 눈에 고이는 눈물

행복한 가을 들녘을 바라보며

가버린 날들을 생각할 때에

생생하여라, 저 아래 세상으로부터 친구들을 싣고 오는

배의 돛 위에서 반짝이는 첫 빛살처럼

슬프구나, 사랑하는 사람들을 싣고 수평선 아래로 가라앉는

배의 돛 위를 붉게 물들이는 마지막 빛살처럼

그렇게 슬프고, 그렇게 생생하여라, 가버린 날들은

아 슬프고 이상하구나, 어두운 여름날 새벽

죽어가는 이의 귀에 들려오는 반쯤 잠에서

깨어난 새들의 첫 울음처럼, 죽어가는 이의 눈에

창문이 천천히 흐릿한 네모꼴로 변하는 동안

그렇게 슬프고, 그렇게 이상하여라, 가버린 날들은

죽음 뒤에 회상하는 입맞춤처럼 소중하여라
다른 사람을 위한 입술을 향한 가망 없는
환상의 입맞춤처럼, 사랑처럼 깊은,
첫사랑처럼 깊은, 온갖 회한으로 미칠 것 같은,
오 삶속의 죽음이어라, 가버린 날들은

Tears, idle tears, I know not what they mean,
Tears from the depth of some divine despair
Rise in the heart, and gather to the eyes,
In looking on the happy Autumn-fields,
And thinking of the days that are no more.

Fresh as the first beam glittering on a sail,
That brings our friends up from the underworld,
Sad as the last which reddens over one
That sinks with all we love below the verge;
So sad, so fresh, the days that are no more.

Ah, sad and strange as in dark summer dawns
The earliest pipe of half-awaken'd birds
To dying ears, when unto dying eyes
The casement slowly grows a glimmering square;
So sad, so strange, the days that are no more.

Dear as remember'd kisses after death,

And sweet as those by hopeless fancy feign'd

On lips that are for others; deep as love,

Deep as first love, and wild with all regret;

O Death in Life, the days that are no more!

테니슨(Alfred, Lord Tennyson, 1809-1892) 시의 주 정조는 좋았던 과거에 대한 그리움입니다. 여느 시인도 마찬가지겠지만, 여기에는 시대적 상황과 개인의 경험이 겹쳐 작용을 합니다.

그가 활동했던 빅토리아 시대의 영국은 급격한 변화를 겪습니다. 산업혁명으로 인해 농업중심 사회가 공업중심 사회로 변하면서 도시 집중화 현상이 급속도로 진행됩니다. 프랑스혁명의 여파로 개인주의를 기반으로 한 민주화가 진전되면서 사회주도층은 귀족에서 시민대중으로 옮겨갑니다. 과학의 발달과 식민지의 확산으로 영국인들의 삶은 어느 때보다 풍족하고 편리해집니다.

그러나 급격한 변화가 긍정적인 것만은 아니지요. 개인주의 확산으로 공동체 사회의 안정감은 물론 개개인의 정체성도 크게 흔들리게 됩니다. 특히 과학의 발달로 인한 신앙의 쇠퇴는 이를 가속화시켰으며 급속한 경제성장 또한 물질만능주의로 이어져갔습니다. 귀족층이 유지해 왔던 문화 예술의 품격도 급격한 대중화를 통해 속물주의에 빠져들었습니다. (19세기 말의 예술지상주의나 모더니스트들의 상업주의에 대한 신경질적인 혐오와 반발은 이 연장선상에 있습니다.) 나아가 급격한 변화 자체가 삶의 불안감을 증폭시켰습니다.

이러한 현재적 상황에 대한 불안과 불만은 자연스레 과거에 대한 동경이나 그리움으로 이어졌습니다. 테니슨의 경우는, 절친이자 여동생의 약혼자였던 할렘(Arthur Hugh Hallam, 1811-1833)의 때 이른 죽음으로 인해 특히 자주 '아 옛날이여!'를 읊조리게 됩니다. 그래서 감상적이라는 비판을 받을 수도 있는데, 이 작품은 그런 정조를 잘 드러내면서도 일정한 한계를 극복한 수작이라는 평가를 받고 있습니다.

빅토리아 시대의 시들에 대한 20세기의 평가는 대체로 부정적입니다. 감상적인 경향도 원인이겠지만 메시지가 승화되지 않고 생경하게 드러나는 게 더 큰 문제점으로 지적되곤 합니다. 신앙의 쇠퇴로 성직자들이 인생 조언자로서의 지위를 상실하게 되자 대중들은 시인 예술가들에게 의존하게 되었습니다. 하여 시인들은 대중들이 원하는 교훈적 메시지를 그들이 이해할 수 있는 수준으로 전하고 싶은 유혹에 빠지게 되었습니다. 이후 신비평(New Criticism)가들과 모더니스트들이 아이러니와 역설, 모호성, 상징 등을 강조하게 된 것은 이런 경향에 대한 반작용 혹은 반성의 산물이라 할 수 있습니다. 과거를 동경하는 이 시가 부정적 평가로부터 비교적 자유로울 수 있었던 것도 작품이 지니고 있는 역설과 아이러니 덕분입니다.

이 시의 화자는 행복한 가을 들녘에서 슬픔의 눈물을 흘립니다. 눈물의 원인을 모르겠다고 하면서도 가버린 날들 때문이라 밝히고 있습니다. 가을은 쇠락의 계절이면서 동시에 풍요로운 수확의 계절입니다. 그 자체로도 기쁨과 슬픔이 함께 하고 있다고 할 수 있습니다. 그런데 행복한 상황에 처해 있을 때 불행한 처지가 더 도드라질 수 있습니다. 졸업이나 취업 등 성공의 행복이 찾아왔을 때 함께 할 수 없는 돌아가신 부모님이 더욱 그리워지는 것처럼. '슬픔이 극에 달하면 웃음이 나오고 기쁨이 절정에 달하면 울음이 된다'('Excess of sorrow laughs. Excess of joy weeps.')는 블레이크식 역설이 확인되는 것이지요.

둘째 연에서는 배가 항구로 들어올 때와 나갈 때를 병치하면서 지난날들에 대한 역설적 감정을 대비적 이미지로 그려냅니다. 즐겁고 좋았던 지난날은 결코 잊을 수 없을 만큼 생생하지만 다시 돌아갈 수 없기 때문에 슬픕니다. 이를 시인은 항구로 들어오는 배의 돛에 빛나는 빛살 이미지로 묘사하고 있습니다.

그리운 사람을 싣고 오는 배는 아무리 기다려도 오지 않습니다. 「엄마 찾아 삼만리」에서처럼. 엄마가 타고 오는 배는 수평선을 바라보는 눈이 짓무르기 직전에야 겨우 모습을 드러냅니다. 만화라면 그 장면을 어떻게 그릴 것인가 상상해보면 시적 상황을 이해할 수 있을 것입니다.

그렇게 어렵게 만난 엄마가 다시 배를 타고 멀리 떠나갑니다. 소년은 이제 이도령과 헤어져야 하는 춘향이가 되어 엄마 "가시는디만 뭇두두루미 바라보니 가는 대로 적게 뷘다. 달만큼 보이다, 별만큼 보이다, 나비만큼, 불티만큼, 망종 고개 넘어 아주 깜박 넘어가니, 그림자도 못 보겠네." 하는 신세가 됩니다. 수평선 너머로 사라지는 배를 오래도록 지켜봐야 하는 소년의 심경은 어떠할까요?

셋째 연에서는 역설과 아이러니가 더욱 강하게 드러납니다. 새벽은 하루가 새롭게 시작되는 때입니다. 새로운 날이 밝아오는 그 순간에 죽음이 찾아옵니다. (죽음의 계절인 겨울 끝자락이나 새 생명이 움터오는 봄에 긴장이 풀린 노인들이 많이 돌아가시는 이치를 연상시킵니다!) 시작과 끝이 겹치는 것이지요. 아침을 알리는 새의 노래가 죽어가는 이에게는 새 세상(죽음의 땅)에 도달했음을 알리는

144

소리로 들릴 수 있습니다. 슬프지만 한편으론 기이합니다. 동이 트면 네모난 창문이 부옇게 밝아옵니다. 의식이 몽롱한 죽어가는 사람의 눈에는 그것이 저 세상으로 통하는 창구로 보일 수 있습니다. 그렇게 슬프고 기이한 것입니다. 다시 돌아갈 수 없는 지난날은!

마지막 연에서 역설과 아이러니는 절정에 달합니다. 키츠는 '들리는 곡조도 감미롭지만 들리지 않는 곡조가 더 감미로워라'('Heard melodies are sweet, but those unheard are sweeter.')라고 했습니다. 상상력이 발동되기 때문이지요. 실제의 입맞춤은 소중합니다. 그러나 불가능한 상황에서는 상상에 의한 입맞춤이 더 절실할 수 있습니다. 첫사랑은 대개 성공하지 못합니다. 그래서 더욱 깊고 심오하지요. 후회를 대충하는 사람은 없습니다. 후회는 땅을 치면서 하지요. 그렇게 거칠고 제멋대로인 겁니다.

그것을 시인은 삶속의 죽음이라 뭉뚱그리고 있습니다. 살아 있어도 살아 있는 게 아닙니다. 죽음만도 못합니다. 지난날들이 귀하고 그립습니다. 그러나 시인은 귀하고 그립다고 발설하지 않습니다. 다양한 이미지와 역설적 아이러니를 통해 독자로 하여금 직접 느끼게 해줄 뿐.

또 하나 유념할 것은 이 시의 묘한 형식적 특징입니다. 단정한 형태의 4연으로 이루어져 있는 이 시는 각운이 없습니다. 말하자면 무운시(無韻詩, blank verse)이지요. 단조로움을 넘어 지루할 수도 있는데, 단조롭지도 지루하지도 않습니다. 각 연의 마지막이 주는 울림 때문입니다. 여섯 음절이 반복되는데 대부분 모음과 유성자음입니다. 그래서 공명음이 각운을 밟는 시들보다 오히려 더 풍성하게 느껴집니다.

지난날들에 대한 추억이 없다면 삶은 먼지 풀풀 날리는 사막을 걷는 것과 비슷할 것입니다. 일기를 쓰고 사진을 찍어대는 건 그 때문입니다. 미래에 대한 꿈이나 계획이 없다면 나침반이 없는데 북극성마저 보이지 않는 허허벌판을 헤매는 꼴과 흡사할 겁니다. 그 사이에 현재가 존재합니다. 추억과 꿈은 현재를 위한 필수 조건입니다.

이런 시를 읽는 건 현재를 충실하게 살아가기 위한 것이며 동시에 미래에 대한 꿈을 제대로 꾸기 위해서입니다. 가을 넘어 겨울, 한해를 마무리하고 새로운 한해를 맞이할 때 읽기 좋은 시입니다.

덧없는 영광

하우스만의 「젊어 죽은 운동선수에게」
("To an Athlete Dying Young")

그대가 고향에 승리를 안겨줬을 때
우리는 그대를 가마 태워 장터를 돌았지
사람들 길가에서 환호하는 가운데
우리는 그대를 어깨에 높이 메고 집으로 갔었지.

오늘은 모든 이들 달려 나오던 그 길로
그대를 어깨에 높이 메고 집으로 데려와
그대의 문지방에 내려놓네.
더 고요한 도시의 주민이 된 그대를

때에 맞춰 떠나버리다니 영리하다 젊은이여,
영광이 머물지 않고
일찍 자라난 월계수가
장미보다 빨리 시드는 들판을

어둔 밤이 눈을 닫으면
기록이 깨지는 것을 보지 못할 것이요,

흙이 귀를 막아버리면
정적도 환호보다 나쁘지 않으리니.

이제는 그대 패퇴를 맛보지 않아도 되리
명예를 소진해버린 젊은이나,
명성이 앞서 달려 나간 주자들,
이름이 먼저 죽은 사람들이 겪는 패퇴를

그러니 영광의 메아리 사라지기 전에
날렵한 발로 어둠의 문지방 딛고 서서
아직 지켜낸 그대의 우승컵을
낮은 문틀까지 들어 올려라

이른 월계관을 쓴 그대 머리 주위로
힘없는 망자들 모여들어 확인하리라
소녀의 것보다 더 덧없는 화환이
그대의 곱슬머리에서 아직 시들지 않았음을

The time you won your town the race
We chaired you through the market-place;
Man and boy stood cheering by,
And home we brought you shoulder-high.

Today, the road all runners come,
Shoulder-high we bring you home,

And set you at your threshold down,
Townsman of a stiller town.

Smart lad, to slip betimes away
From fields where glory does not stay,
And early though the laurel grows
It withers quicker than the rose.

Eyes the shady night has shut
Cannot see the record cut,
And silence sounds no worse than cheers
After earth has stopped the ears.

Now you will not swell the rout
Of lads that wore their honours out,
Runners whom renown outran
And the name died before the man.

So set, before its echoes fade,
The fleet foot on the sill of shade,
And hold to the low lintel up
The still-defended challenge-cup.

And round that early-laurelled head
Will flock to gaze the strengthless dead,

And find unwithered on its curls

The garland briefer than a girl's.

뉴욕의 어느 낯선 침대에서 새벽에, 한때 제자이기도 했던, 친애하는 동료교수의 부음을 접하고 말았습니다. 언제나처럼 인생은, 운명은, 느닷없이 이렇게 뒤통수를 칩니다.

어려서부터 여러 가지 장애로 고생을 많이 한 사람입니다. 일반 직장에서는 적응하기 힘들 거라 판단되어 공부를 권했습니다. 워낙 착실하고 성실한 성품이라 이 분야에서는 타의 추종을 불허했습니다. 박사학위 논문 심사를 할 때는 제대로 지도를 해주고 싶어 서울 유명 대학의 선배교수들을 심사위원으로 위촉했습니다. 기대를 저버리지 않고 그 분들로부터 찬사를 받으며 학위를 취득했고 곧 이어 모교의 교수로 당당히 임용되었습니다.

스스로도 자랑이었겠지만 지도교수도 많은 사람들의 부러움의 대상이 되었습니다. 최근에 늦은 결혼으로 살림까지 차리면서 그 부러움은 절정에 이르렀고 부부가 손을 모아 새 살림집을 마련하면서부터는 부러움이 시기로 이어지기도 했습니다.

바로 그 지점입니다, 운명의 여신이 교묘하게 간섭하기 시작한 것은. 지병에 혈액암까지 더해지면서 몸이 급격하게 피폐해지기 시작했습니다. 굳건한 신앙심으로 잘 견디고 있었습니다만 운명의 손아귀를 벗어나기에는 역부족이었나 봅니다.

병원치료가 차도가 없어 대체의학을 모색하고 있다는 소식을 출국 며칠 전에 들었습니다. 돌아와 만나보려 했는데 결국 한 마디 작별인사도 못하고 떠나보내고 말았습니다. 하물며 조문도 제대로 못할 상황이었고요.

새벽녘 뉴욕 낯선 숙소에서, 그도 좋아했을 하우스만(A. E. Housman, 1859-1936)의 이 시를 되뇌는 것으로, 많이 부족했던 지도교수의 조문을 대신할 수밖에 없었습니다. 화장실에 주저앉아 눈물을 주체하지 못하면서.

이 시는 영화 「아웃 오브 아프리카」(Out of Africa)에서 여주인공 카렌(Meryl Streep)이 경비행기 사고로 죽은 남주인공 데니스(Robert Redford)의 장례식에서 읊어 더 유명해진 작품입니다.

때 이른 죽음을 어떻게 대처해야 할까? 죽음은 언제나 어려운 문제이지만 젊은이의 죽음은 더욱 그러합니다. 더구나 가까웠던 사람이라면 공황으로 이어질 수 있습니다.

이럴 때 시만큼 적절한 도피처나 치유책도 없을 것입니다. 카렌에게 그랬고 저에게 그랬던 것처럼. 아놀드는 "인생을 좀 더 견딜 만하게 해주는" 것이 시라고 했습니다. 삶의 구석구석을 통렬하게 그려낸 시를 통해 미리 예방주사를 맞는 것입니다. 그 말도 안 되는 삶의 불합리, 부조리, 모순, 역설, 아이러니, 황당함에 대하여!

이 시는 젊은 운동선수의 때 이른 죽음을 통해 삶과 죽음의 문제를 담담하게 그려냅니다. 전반부 두 연에서는 승리를 했을 때와 죽음을 맞이했을 때를 비슷한 모습으로 그리며 등치시킵니다. 삶과 죽음이 바로 연결되는 것임을 확인할 수도 있지만 비슷한 겉모습을 통해 그 다름의 현격함을 더 절절하게 느끼도록 해줍니다.

그리고는 일찍 죽은 젊은이를 영리하다 이릅니다. 왜? 영광이 시들기 전에 떠났으므로! 그리스의 현자 솔론(Solon, BC 638?-558?)의 말을 떠올리게 하는 대목입니다. 한 사람의 행복과 불행은 그가 어떤 모습으로 죽었는가, 죽을 때 어떤 처지에 처해 있었는가에 의해 판가름 난다는. '끝이 좋아야 다 좋다'(All's well that ends well.)는 뜻이지요.

영광의 월계수는 이 세상에 오래 머물지 못합니다. 일찍 자라난 영광의 나무는 덧없음의 상징이라 할 수 있는 장미보다도 빨리 시들어 버립니다. 월계수가 시들기 전에 세상을 떠났으니 영리한 선택(?)을 했다 할 수 있는 것입니다.

더욱 다행스러운 것은 눈이 닫혔으니 자신이 세운 기록이 깨지는 굴욕이나 망신의 장면을 보지 않아도 된다는 것. 죽어 귀도 막혔으니 환호도 의미 없을 터, 환호가 들리지 않는다고 안타까워할 일도 없는 것이지요.

실제로 많은 사람들이 영광 뒤끝으로 굴욕에 시달리곤 합니다. 특히 젊어 얻은 영광은 곧 소진됩니다. 데뷔작이 대표작이 되는 시인 작가가 하나둘이 아닙니다. 요절한 이육사와 윤동주는 아직도 사랑을 받고 있지만 서정주는 친일의 굴레 때문에 그 좋은 작품들까지 폄훼되고 있습니다.

명성은 달음박질보다 빠르게 퍼지지만 이내 사라집니다. 많은 저명인사들이 죽기 전에 유명세를 잃는 패퇴를 맛보고 있습니다. 하지만 젊어 죽은 이 운동선수는 그런 수모로부터 자유롭습니다.

마지막 연에서는 소녀의 화환을 덧없음의 또 다른 상징으로 소개합니다. 소녀 혹은 청춘의 아름다움은 봄만큼이나 무상합니다. 포의 시에 등장하는 아름다운 여인들은 모두 일찍 죽습니다. 그보다 더 일찍 사망한 시인 키츠도 "죽을 수밖에 없는 아름다움"(Beauty that must die)이라 읊조린 바 있습니다.

삶에 대한 냉소의 기운이 느껴지기도 하는 시입니다. 냉정한 고전인문학자의 풍모를 느끼게도 해줍니다. 이 세상 영광의 덧없음에 대해서는 신랄하기조차 합니다. 허영이나 허욕으로부터 벗어났으면 하는 염원 때문일 것입니다. 현대시이면서도 고전주의시대의 시처럼 단정한 형식을 갖춘 것에서 이런 시인의 의도를 엿볼 수 있습니다.

'하면 된다!'고 외쳐대는 부스댐을 뒤돌아보게 하는 시입니다. 환상이 깨지면 환멸로 이어지고 헛된 기대도 절망을 거쳐 우울증으로 치달을 수 있습니다. 이와 같은 경거망동, 이런 시 읽으며 피해갈 수 있으면 참 좋겠습니다.

이제 다시 마음을 추스르며 고인의 명복을 빌어봅니다. 잘 가시게! 그 동안 몸고생 마음고생, 참 많이도 하셨네. 이제 모든 것 내려놓고 부디 고통 없는 곳에서 편히 쉬시게!

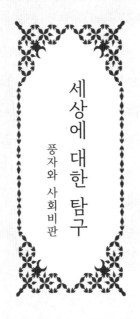

3부

세상에 대한 탐구

풍자와 사회비판

시인은 시대와의 불화가 잦은 존재이다. 구약의 선지자들처럼 현상을 넘어선 진실을 보기 때문이다. 제도와 법, 혹은 관행으로 자행되는 모든 관습에 저항한다. 절망의 상황에서도 희망의 씨앗을 보존하며 의례적 불의에 대해 분노의 질타를 마다하지 않는다. 빛을 거부하는 세상에 빛을 가져다주기 위해 절망적인 노력을 지속하는 비극적 존재가 시인이다. 시인들의 분노와 질책, 그 근거가 되는 궁극적 비전을 그려낸 시들을 소개한다.

눈멀음을 통한 눈뜸

밀턴의 「실명 소네트」
("On his Blindness")

내가 인생의 절반을 채 넘기기 전에 이 넓고 어두운 세상에서
어떻게 시력을 잃었는지 생각할 때;
숨기는 것이 죽음을 의미하는 하나의 재능이, 그 재능으로
주님을 보다 잘 섬겨 그분이 돌아오셨을 때 꾸짖지
않으시도록 그럴듯한 대차대조표를 제시하고 싶은 마음이
간절한데도, 그 재능이 쓸모없이 묵혀있게 되었을 때,
"하나님은 낮의 일을 강요하시면서 빛은 거부하신단 말인가?"
나는 어리석게도 묻는다. 그러나 인내심이 불평을 앞질러
먼저 대답한다. "하나님은 인간의 일도 그 자신의 선물도
필요로 하지 않으신다. 그 분의 부드러운 멍에를
잘 견디는 자가 그 분을 가장 잘 섬기는 것. 그분의 나라는
장대하여, 수많은 사자 천사들이 그 분의 명을 받아
육지와 대양으로 쉼 없이 빠르게 내달린다.
묵묵히 서서 기다리는 자들 역시 그 분을 섬기는 이들이다."

When I consider how my light is spent,
Ere half my days, in this dark world and wide,

And that one Talent which is death to hide

Lodged with me useless, though my Soul more bent

To serve therewith my Maker, and present

My true account, lest he returning chide,

"Doth God exact day-labour, light denied?"

I fondly ask. But patience, to prevent

That murmur, soon replies, "God doth not need

Either man's work or his own gifts; who best

Bear his mild yoke, they serve him best.

His stateIs Kingly: thousands at his bidding speed,

And post o'er land and ocean without rest;

They also serve who only stand and wait."

누구나 시련과 맞대하게 되면 우선 원망의 마음에 사로잡히게 됩니다. 이 원망은 때로 분노로 솟아오르기도 하고 절망으로 가라 앉기도 합니다. 살아남기 위해서는 결국 화해하며 수용해야 하지 만 그 과정이 순탄치만은 않습니다. 순차적으로 진행되기보다는 수없이 오락가락 하면서 서서히 수렴됩니다. 그러지 못할 경우 트 라우마나 콤플렉스가 되어 마음속에 똬리를 틀게 되기도 합니다.

이 작품은 영국의 위대한 청교도 시인 밀턴(John Milton, 1608-1674)이 쓴, 소네트 형식으로 짧게 응축된 실명기(失明記)입니다. 36세 때부터 시력이 약화되기 시작한 시인은 42세 무렵 왼쪽 눈의 시력을 잃었고 43세가 되던 1651년에는 완전히 실명을 했다고 합 니다.

시력을 잃는다는 건 얼마나 끔찍한 시련인가? 더구나 뜨거운 문학적 열망을 지녔으며 자신의 종교적 신념을 실현하기 위한 실천 소명의식이 강했던 청교도 시인으로서는 그 절망감이 누구보다 컸을 것입니다.

실명의 원인으로 유전적인 것, 지나친 독서, 혹은 과로 등 여러 가지가 복합적으로 작용했다고 전해집니다. 창작 열정이 넘쳐났던 밀턴은 스스로 위인들의 '마지막 약점'이라 지칭한 명예를 위하여 건강은 뒤로 한 채 독서와 창작에 매진했습니다. 청교도 혁명에도 적극 참여하여 크롬웰의 라틴어 비서로 밤샘작업을 밥 먹듯 했습니다.

당시 영국은 유럽의 여러 나라로부터 껄끄러운 대상이었습니다. 수장령을 통해 로마교회로부터 독립한 영국은 구교나 신교 모두에게 경계 대상이었습니다. 더구나 스페인 '무적함대'를 격침시키고 대서양 신흥 강자로 부상하여 해외 식민지 개척에 남다른 성과를 거두면서 '해가 지지 않는 나라'로 발돋움해가는 시기였으니 그들의 경계심은 심할 수밖에 없었을 것입니다. 더욱 치명적인 것은 왕을 처단하고 공화정을 편 것. 유럽의 왕조 국가들을 그 기운이 자기들에게 미칠까 염려하여 연일 영국을 공격해댔습니다. 당시 국제 공용어는 라틴어여서 라틴어 비서의 할 일은 넘쳐났습니다. 독실한 기독교인이었던 밀턴은 이런 소명이 오히려 반가웠습니다. 그는 전 유럽의 지성들을 대상으로 성명서를 통한 외교전쟁을 펼쳤던 것입니다.

시련의 원인이 밝혀졌다 해서 그 결과를 수용하는 게 쉬워지는 건 아닙니다. 하나님의 섭리를 신봉하는 입장에서는 이 예상치 못한 날벼락이 더 부조리하게 다가왔을 것입니다. 놀라운 능력을 주실 때는 언제고 그것을 발휘할 수 있는 기회를 하루아침에 박탈해

버리는 것은 도대체 무슨 경우란 말인가?

이 시의 도입부는 바로 이런 문제 제기로 이루어져 있습니다. 이를 더 설득력 있게 전하기 위해서 시인은 하나님의 말씀을 원용하고 있습니다. 「마태복음」 25장의 '달란트 비유'가 바로 그것입니다.

또 어떤 사람이 타국에 갈 때 그 종들을 불러 자기 소유를 맡김과 같으니 각각 그 재능대로 한 사람에게는 금 다섯 달란트를, 한 사람에게는 두 달란트를, 한 사람에게는 한 달란트를 주고 떠났더니 다섯 달란트 받은 자는 바로 가서 그것으로 장사하여 또 다섯 달란트를 남기고…… 한 달란트 받은 자는 가서 땅을 파고 그 주인의 돈을 감추어 두었더니 오랜 후에 그 종들의 주인이 돌아와 그들과 결산할 새…… 한 달란트 받았던 자는 와서 이르되 주인이여 당신은 굳은 사람이라 심지 않은 데서 거두고 헤치지 않은 데서 모으는 줄을 내가 알았으므로 두려워하여 나가서 당신의 달란트를 땅에 감추어 두었었나이다. 보소서 당신의 것을 가지셨나이다. 그 주인이 대답하여 이르되 악하고 게으른 종아 나는 심지 않은 데서 거두고 헤치지 않은 데서 모으는 줄로 네가 알았느냐? 이 무익한 종을 바깥 어두운 데로 내쫓으라 거기서 슬피 울며 이를 갈리라 하니라.

시인에게 하나님이 주신 선물(gift)은 바로 글 쓰는 재능입니다. 밀턴은 이를 통해 스스로의 명예도 드높이고 하나님의 나라를 세우는 데에도 기여하고 싶었습니다. 그러니 그것을 감추고 쓰지 않는 것은 곧 죽음을 의미합니다. 그런데 이런 '낮의 일'을 제대로 펼쳐볼 기회가 오기도 전에 빛을 거두어버렸습니다.

그러나 불만의 불평이 막 터져 나오려는 순간 기독교의 중요한 덕목이 끼어듭니다. 인내심(Patience)이 때맞춰 발동해준 것입니다. 그 뒤에는 겸손(humility)이라는 덕목이 자리하고 있었을 것입니다. 기독교인이 가장 경계하는 악에 오만(pride)이 있습니다. 때로는 용서받지 못할 죄(unpardonable sin)로 불리기도 합니다. 하나님의 역사하심을 부인하며 스스로 뭔가를 이루었다고, 아니면 이루겠다는 자부심이야말로 기독교인라면 우선적으로 극복해야 할 악인 것입니다.

시인은 하나님 나라의 장대함을 상기하며 오만한 자부심의 함정을 피해갑니다. 나 말고도 헤아릴 수 없이 많은 천사 사자(使者)들이 섭리를 받들어 움직이고 있습니다. 그러니 징징거릴 일이 아닙니다. 겸허하게 스스로의 처지를 받아들이며 기다려야 합니다.

기다림 또한 기독인들의 필수 덕목입니다. 성경 곳곳에서 기다림의 미덕을 강조하고 있습니다. "사람이 여호와의 구원을 바라고 잠잠히 기다림이 좋도다."(『예레미야 애가』 3장 26절) "만일 우리가 보지 못하는 것을 바라면 참음으로 기다릴지니라."(『로마서』 8장 25절) "우리가 성령으로 믿음을 좇아 의의 소망을 기다리노니,"(『갈라디아서』 5장 5절)

"서서 기다린다"는 것은 "수많은 사자 천사들이 그분의 명을 받아 육지와 대양으로 쉼 없이 빠르게 내달린다"에서 보는 바와 같이 하나님의 섭리와 능력과 선을 굳게 믿고 그의 약속을 기다리는 인내와 순종을 뜻합니다. 그것이 곧 그의 '부드러운 멍에'를 잘 짊어지는 것입니다.

'서서 기다린다'에서 '서다'(stand)에는 '견디다' '인내하다'

는 의미도 포함하고 있습니다. '온유한 멍에'는 일종의 모순어법 (oxymoron)으로 시의 묘미를 더해줍니다. 멍에는 구속하는 것이기에 부드러울 수 없겠으나 하나님의 구속 속에 영원 무한한 자유가 주어지기 때문에 이렇게 형용하는 것입니다.

불룸(Harold Bloom, 1930-2019)의 말대로 눈멀음(blindness)은 눈뜸(insight)과 동시에 찾아옵니다. 밝은 빛 앞에서 우리는 잠시 시력을 잃게 됩니다. 사랑에 눈을 뜨게 되면 다른 모든 것에 눈이 멉니다. 진정한 아름다움에 눈을 뜨게 되면 다른 모든 것에는 눈길을 줄 수 없습니다. 내면의 눈이 열리면 외면의 눈은 무의미해집니다. 아니 육신의 눈이 멀어야 영혼의 눈이 열립니다. 그리스 신화에 자주 등장하는 예언자 티레지아스(Tiresias)는 장님입니다. 시인 밀턴은 이 소네트를 빌어 육신의 눈멀음을 통한 영혼의 눈뜸을 간명하게 그려주고 있는 것입니다.

더욱 의미심장한 것은 이것이 수사(修辭)나 말장난으로 그치지 않았다는 점입니다. 밀턴은 완전한 실명 이후에 『실락원』(*Paradise Lost*), 『복락원』(*Paradise Regained*), 『투사 삼손』(*Samson Agonistes*) 등 불멸의 대작을 남기게 됩니다. 결국 빛을 잃고도 '낮의 일'을 훌륭하게 수행한 것입니다. 분노와 절망에 사로잡혀 불평만 늘어놓았다면 결코 불가능했을 일입니다. 눈멀음을 통한 눈뜸의 역설을 실천으로 보여준 것입니다.

순수의 양면성

블레이크의 「굴뚝청소부」
("The Chimney Sweeper")

어머니가 돌아가셨을 적 나는 매우 어렸답니다.
아버지는 나를 팔았죠, 아직 나의 혀가
"청소! 청소! 청소! 청소!"를 제대로 외치지도 못할 때 말이에요.
그래서 굴뚝청소를 하며 검댕 속에서 잠이 들지요.

꼬마 톰 대커가 있는데요, 양털처럼 곱슬곱슬한
머리칼이 잘리자 그는 울었지요, 그래서 내가 말해주었답니다,
"뚝, 톰!신경 쓰지 마, 머리칼이 없으면
검댕이 네 하얀 머리칼을 더럽힐 수 없어 좋잖아."

그러자 그는 잠잠해졌습니다. 바로 그날 밤이었습니다,
그가 잠결에 이런 광경을 보게 된 것은!
딕, 조, 네드, 잭 등 수천 명에 달하는 청소부 모두가
검은 관 속에 갇혀 있었습니다.

그런데 빛나는 열쇠를 가진 천사가 다가오더니
관을 열고 모두를 해방시켜주었습니다.

그들은 푸른 들판을 폴짝거리며, 웃으며 달려갑니다.
강에서 몸을 씻자 모두가 햇빛 속에 밝게 빛을 발합니다.

그들은 발가벗은 흰 몸으로, 청소가방을 모두 내팽개친 채,
구름 위로 솟아올라 바람을 타고 장난치며 놉니다.
천사가 톰에게 말했습니다, 착한 소년이 되면
하나님을 아버지로 모실 수 있고 언제나 기쁨이 넘칠 것이라고.

그러다가 톰은 잠에서 깨어났습니다. 우리도 어둠 속에서 일어
났지요.
우리 모두 가방과 솔을 챙겨 일터로 향했답니다.
비록 아침은 차가웠지만 톰은 행복하고 따뜻함을 느낄 수 있었
답니다.
그러니 모두 자기 임무를 다하면 해(害)를 두려워할 필요가 없다
는 것이지요.

When my mother died I was very young,
And my father sold me while yet my tongue
Could scarcely cry "'weep! 'weep! 'weep! 'weep!"
So your chimneys I sweep, and in soot I sleep.

There's little Tom Dacre, who cried when his head,
That curl'd like a lamb's back, was shav'd, so I said
"Hush, Tom! never mind it, for when your head's bare
You know that the soot cannot spoil your white hair."

And so he was quiet, and that very night
As Tom was a-sleeping, he had such a sight!
That thousands of sweepers, Dick, Joe, Ned, and Jack,
Were all of them lock'd up in coffins of black.

And by came an Angel who had a bright key,
And he open'd the coffins and set them all free;
Then down a green plain leaping, laughing, they run,
And wash in a river, and shine in the sun.

Then naked and white, all their bags left behind,
They rise upon clouds and sport in the wind;
And the Angel told Tom, if he'd be a good boy,
He'd have God for his father, and never want joy.

And so Tom awoke, and we rose in the dark,
And got with our bags and our brushes to work.
Though the morning was cold, Tom was happy and warm;
So if all do their duty they need not fear harm.

이 시는 '혁명의 시인'이라 불리는 윌리엄 블레이크의 『순수와 경험의 노래』에 실려 있는 대표적인 '순수의 노래'입니다. 이 시집의 부제에서 시인은 자신의 의도가 "인간 영혼의 상반된 두 상태를 보여주기 위한"(Shewing the Two Contrary States of the Human

Souls) 것이라고 밝히고 있습니다. 어린아이처럼 순진하게 모든 걸 긍정적으로 여기는 입장과, 그와 반대로 현상에 대한 회의와 의심으로 사물을 삐딱하게 바라보려는 경험 많은 어른의 입장을 대비시켜보겠다는 것이지요.

시인은 쉽게 어느 편을 들지 않습니다. 오히려 그 입장들의 한계를 교묘하게 드러내려 애를 씁니다. 순진함은 무지의 다른 표현으로 쉽게 속임을 당할 수 있습니다. 세속의 지혜에 눈을 뜨면 쉽게 속임을 당하지는 않겠지만, 자기 시각에만 갇혀 사물을 포괄적으로 보지 못하는 잘못을 범할 수 있습니다. 자기 꾀에 자기가 넘어가는 꼴이 될 수도 있는 것이지요. 바람직하기로는 두 시각의 한계를 변증법적으로 지양하는 것일 텐데 쉬운 일은 아니지요. 블레이크는 이 시집에서 동일한 제목의 시들을 직접 대비시킴으로써 독자들로 하여금 두 시각의 장점과 한계를 동시에 느낄 수 있게 해줍니다.

「굴뚝청소부」는 당시 산업화 혹은 자본주의화 과정에 따르기 마련인 인구의 도시 집중으로 생긴 수많은 기아(棄兒)들의 비참한 생활을 소재로 하고 있습니다. 농촌에서 쫓겨나 도시로 흘러 들어온 부모들은 변변한 일자리 하나 얻지 못해 굶주림에 시달립니다. 슬럼가의 열악한 환경과 절대적 빈곤에서 헤어나지 못한 나머지 가족들의 생존을 위해 어쩔 수 없이 자식을 남의 집 앞에 버리거나 팔아넘기게 됩니다.

이중 일부는 '자선학교'(charity school) 등에 수용되지만 일부는 이 시에 등장하는 화자나 톰(Tom Dacre)처럼 부랑아들을 모아 굴뚝청소 같은 잡일을 시켜 돈을 버는 사람들 손에 넘어가게 됩니다. 숙식을 제공해준다는 조건 때문에 잔학한 어른들의 손아귀에서 벗어나지 못하는 아이들의 생활은 비참하기 이를 데 없습니다.

당시 어린이들을 보호하는 법을 마련하기 위해 다방면의 노력이 진행되지만, 법이 제정된다 해도 매일매일 늘어만 가는 아이들의 처지를 모두 해소시킬 수는 없었을 것입니다. 더구나 값싼 노동력에 대한 수요가 있고 그 수요를 충족시켜줄 가난한 부모들이 계속 늘어나는 한 해결책은 요원한 상황이었습니다.

이러한 사회적 불의에 대한 블레이크의 분노가 그대로 표출되지 않고 있다는 것에 이 시의 묘미가 있습니다. 첫 연에서 아직 말도 제대로 하지 못하는 어린 나이인데 아버지가 자기를 팔아버렸고 "그래서 나는 당신들의 굴뚝 청소를 하며 검댕 속에서 잠을 잔다"는 화자의 말이 원한에 사무친 울부짖음으로 들릴 수도 있습니다. 그러나 같은 처지인 톰 대커가 양털 같은 머리칼이 잘릴 때 슬퍼하는 걸 위로하는 대목에서는 화자의 순진무구함이 고스란히 드러납니다. 그렇다면 첫 연의 내용은 분노 서린 울부짖음이 아니라 자신의 경험을 담담하게 얘기하고 있는 것으로 보아야 하겠습니다.

이 시가 지닌 풍성한 아이러니의 의미는 바로 여기에서 시작됩니다. 순수의 상태를 넘어선 시인 블레이크는 순진한 아이의 입을 빌어 그 아이에게 가해진 불의를 독자들로 하여금 불현듯 깨닫게 하고 있는 것입니다.

톰에게 건네는 위로의 말도 마찬가지 효과를 발휘합니다. 그 말 자체는 열악한 여건에도 불구하고 결코 굴절되지 않는 순진무구함에 대한 찬양이라는 이 시의 주제를 잘 요약해줍니다. 그러나 이 시를 읽는 독자는, 자신에게 가해지는 부당한 처사를 당사자가 기쁨으로 받아들인다고 해서 그런 폭력이 정당화 될 수 없다는 또 다른 주제를 떠올리게 됩니다. 그 위로의 말은 아이들을 이용해서 돈벌이를 하는 사람들이 스스로가 저지르는 폭력을 정당화하기 위해 하는 말과도 같습니다. 같은 말이지만 그 주체가 누구냐에 따라 전혀 다른 의미를 띠게 되는 것입니다.

뒤에 톰의 꿈속에 나타나는 천사의 말도 이중적입니다. 아버지를 잃은 아이가 그 말을 받아들이는 경우, 그것은 순수함의 표징이 될 수 있습니다. 그러나 다른 사람이 그런 말을 되뇌면 그것은 그 아이에게 가해진 잘못을 합리화해주는 게 됩니다. 결국 현 상태를 유지하려는 기득권층의 입장을 대변해주는 셈인 것입니다. 블레이크의 후기 작품, 특히 『천국과 지옥의 결혼』에서 천사가 매우 수상쩍은 존재로 등장하는데 그것은 바로 이러한 배경과 연결되어 있습니다. '수상한' 천사나 아이들의 고용주가 해주었음직한 매우 도덕주의적인 맺음말도 아이러니컬한 독법을 강요하기는 마찬가지입니다.

이 노래가 지니는 또 하나의 아이러니는 (굴뚝) '청소해요'(sweep)라는 표현입니다. 표면상으로는 아이가 아직 발음이 서툴러 혀 짧은 소리를 내는 것으로 이해할 수 있습니다. 아직 발음도 제대로 하지 못하는 어린 나이에 이처럼 험한 일을 해야 한다는 점을 드러냄으로써 연민과 동정을 불러일으키기도 합니다. 하지만 더 중요한 것은 그 외침이 '울어라'(weep)는 의미로 들린다는 점입니다. 어린 굴뚝청소부는 자신도 모르는 사이에 스스로의 비참한 처지를 드러내고 있는 것입니다.

이렇듯 블레이크는 순진무구한 어린 화자를 통해 두 가지 이야기를 동시에 하고 있습니다. 아이의 순수한 상태를 찬양하면서 그것이 지니는 한계를 함께 드러내고 있는 것입니다.

그 한계는 이 작품과 짝을 이루는 '경험의 노래'에 의해 더욱 극적으로 드러납니다. 우선 이 굴뚝청소부는 결코 순진무구한 처지에 있지 않습니다. 스스로를 하얀 눈 위의 검은 (사람이 아니라) 것('A little black thing')으로 규정하는 등 분노에 휩싸여 있습니다. 황야에 내팽개쳐진 자식은 비탄의 노래를 부르고 있는데 엄마 아빠는 자기들만의 구원을 탐하며 교회에 가버렸습니다. 자식이 황야에서도 행복해 하는 걸 구실삼아 부모는 자신들이 저지른 잘못을 회피하고 있습니다. 아니, 적개심으로 가득 찬 굴뚝청소부 자식이 부모를 그런 식으로 매도하고 있는 것입니다. 그의 분노는 자신의 불행을 토대로 기득권 강화를 획책하는 무리들에게로 확산됩니다.

> 내가 행복해 하고 춤추며 노래하니
> 그들은 자신들이 나에게 아무런 해도 끼치지 않은 것으로 여기며
> 우리들의 비참함을 토대로 천국을 건설하는
> 신과 그의 사제 및 왕을 찬양하기 위해 교회에 가버렸어요.

> And because I am happy, & dance & sing,
> They think they have done me no injury:
> And are gone to praise God & his Priest & King
> Who make up a heaven of our misery.

이 청소부의 시각은 '순수의 노래'에 나오는 청소부에 비해 훨씬 포괄적이며 현실적입니다. 자기 불행의 원인을 단순한 개인사정으로 국한시키지 않고 사회적인 문제와 연계하여 볼 수 있을 만큼 트인 '정치경제학적' 시야를 확보하고 있습니다.

그러나 증오심에 사로잡혀 사물의 이면을 보지 못하는 한계를

동시에 드러내고 있습니다. 너무 자기중심적이어서 남의 입장은 전혀 배려하지 못합니다. 부모의 선택이 어쩔 수 없는 것일지도 모른다는 생각은 추호도 하지 않으며 자신에 대해서도 지나치게 자학적입니다. 순수의 시각이 지니는 단순함, 그러기에 쉽게 이용당할 수 있는, 한계를 뛰어 넘는가 했는데 또 다른 한계를 드러내고 있는 것입니다.

'순수의 상태'는 결코 온전한 게 아닙니다. '경험의 노래' 역시 온전하지 못하기는 마찬가지입니다. 이는 분노의 울부짖음입니다. 이는 아이들의 순진무구함을 빌미로 자신들의 직무태만을 정당화하는 당시 사회를 향한 것이지만, 그들의 교묘한 술책에 이용만 당하는 '순수의 상태'에 대한 풍자도 포함하고 있습니다.

'순수의 노래'나 '경험의 노래'에 담겨 있는 아이러니의 묘미에 주목하는 시 읽기는 상상력의 확장에도 도움을 줍니다. 세상에 대한 단편적 이해의 한계를 극복하는 데에도 도움이 됩니다.

시는 결국 그러한 단편성과 편향성을 지양하려는 몸짓이라 할 수 있습니다. 쉽게 좌절하지도, 쉽게 환희에 휩싸이지도 않는 포괄적 지혜를 제공해주는 것 말입니다. 취업이나 학점을 취득하는 일보다 더 중요하고 근본적인 것이 바로 이런 게 아닌가 하는 생각을 감히 해봅니다.

인종차별을 넘어

블레이크의 「꼬마 흑인 소년」
("The Little Black Boy")

어머니는 나를 남쪽나라 거친 땅에서 낳으셨습니다.
그래서 나는 검습니다, 그러나 오! 내 영혼은 흽니다.
영국아이는 천사처럼 흽니다.
그러나 나는 검습니다, 마치 빛을 빼앗긴 듯.

어머니는 나무 아래에서 나에게 가르치셨습니다.
그리고 날이 뜨거워지기 전까지 앉아,
무릎 위에 나를 앉히고는 입맞춤을 해주면서,
동녘을 가리키며 말씀하시기 시작했습니다.

"봐라, 떠오르는 태양을 ─저기에 하나님이 사시면서,
빛을 주시고 열을 내보내신단다.
그러면 꽃들과 나무, 짐승과 사람들이
아침엔 위로를, 한낮엔 즐거움을 받는단다.

그리고 우리는 잠깐 동안 이 세상에 머무르면서,
사랑의 빛을 견디는 법을 배워야 한다.

이 검은 몸과 햇볕에 탄 얼굴은
구름에 지나지 않는단다, 그늘진 숲과 같은.

우리 영혼이 열을 견디는 법을 배우게 되면,
구름은 사라지고, 우리가 하나님의 목소리를 듣게 되리라.
'숲에서 나오너라, 내 사랑 내 자녀들아,
그리하여 내 황금빛 집 주위에서 양들처럼 즐기거라'라는.”

이렇게 말씀하시며 어머니는 나에게 입맞춤을 했습니다.
그래서 나는 꼬마 영국아이에게 이렇게 말했습니다.
내가 검은 구름에서, 그가 흰 구름에서 해방되어,
하나님의 집 주위에서 양들처럼 즐거워할 때면,

내가 그를 열로부터 보호해주겠다고, 그가 기뻐하며
우리 아버지의 무릎에 기댈 수 있을 때까지
그때 내가 일어나 그의 은빛 머리칼을 쓰다듬어줄 것입니다.
그러면 그와 같게 될 것이고, 그도 나를 사랑하게 될 것입니다.

My mother bore me in the southern wild,
And I am black, but oh! my soul is white.
White as an angel is the English child,
But I am black as if bereaved of light.

My mother taught me underneath a tree,
And, sitting down before the heat of day,

She took me on her lap and kissed me,
And pointing to the east began to say:

"Look on the rising sun, there God does live
And gives his light, and gives his heat away;
And flowers and trees and beasts and men receive
Comfort in morning, joy in the noonday.

And we are put on earth a little space
That we may learn to bear the beams of love;
And these black bodies and this sunburnt face
Is but a cloud, and like a shady grove.

For when our souls have learned the heat to bear
The cloud will vanish, we shall hear his voice
Saying: 'Come out from the grove, my love and care,
And round my golden tent like lambs rejoice!'"

Thus did my mother say, and kissed me;
And thus I say to little English boy:
When I from black and he from white cloud free,
And round the tent of God like lambs we joy,

I'll shade him from the heat till he can bear
To lean in joy upon our father's knee;

And then I'll stand and stroke his silver hair,

And be like him, and he will then love me.

변증법적 비전의 시인 블레이크가 가장 염려한 건 단선적인 사고의 닫힌 마음입니다. 『순수와 경험의 노래』 또한 이러한 염려의 연장선상에 놓여 있다 할 수 있습니다. 그에게는 순수의 상태도 경험의 상태도 단선적이라는 점에서는 비슷한 한계를 지닌 상태입니다. 경험의 입장에서 보면 순수하다는 건 단순하고 무지하다는 것의 다른 표현입니다. 자신의 입장으로만 세상을 보려는 경험의 태도도 독선적이고 편협하다는 비판으로부터 자유롭지 못합니다.

유념할 점은 순수와 경험의 상태가 전혀 별개가 아니라 서로 이어져 있다는 것입니다. 상반된(contrary) 것으로 상정하고 있지만 실제로는 서로 맞물려 있습니다. '순수의 노래'에서도 경험의 기운을 감지할 수 있고, '경험의 노래'에서도 순수의 징후는 잠재됩니다. 두 상태는 배타적으로 존재하는 게 아니라 동전의 양면처럼 공존하면서 반면교사 역할을 합니다.

이 시집의 부제가 "인간 영혼의 상반된 두 상태를 보여주기 위한"이라는 것에서도 블레이크가 상반된 두 상태의 공존을 전제하고 있음을 알 수 있습니다. 판본을 바꾸면서 '순수의 노래'에 속해 있던 작품이 '경험의 노래'로 옮겨지게 되는 것도 이러한 혼재성과 무관하지 않을 것입니다.

우리가 주목해야 할 것은, 시인이 자신의 역할을 두 상태의 '보여주기'에 한정하고 있다는 점입니다. '보여주'는 건 대변하는 것과는 다릅니다. '순수의 상태'이든 '경험의 상태'이든 시인은 그 어느 하나를 대변하려 하지 않습니다. 물론 각각의 노래에서는 스스로의 상태를 강조하거나 상대방의 입장을 분명하게 비판합니다. 하지만 그 주체는 시인 자신이 아니라 그가 내세우는 '대변인'(화자)입니다. 시인은 제삼자의 입장에서 두 상태를 비교 대조해서 '보여주'고 있을 뿐입니다. 시인은 각각의 상태를 대변하는 화자를 등장시켜 상대의 입장을 비판하면서 동시에 그들 스스로의 한계를 드러내도록 하는, 매우 정교한 연출자 역할을 하고 있습니다. 자신의 입장은 숨긴 채 '숨은 신'(Hidden God)처럼 두 상태를 넘어선 '부재'로 존재하며 그 둘의 변증법적 지양을 도모하고 있는 것입니다.

블레이크의 "전체 서정시 중 가장 미묘하게 잘못 읽히기 쉬운" 작품의 하나로 꼽히는 「꼬마 흑인 소년」에서도 시인의 정교한 연출의 묘미를 감지할 수 있습니다. 이 시는 인종차별이라는 엄혹한 경험적 상황을 순수한 입장에서 다루고 있습니다. 이 '순수의 노래'에서 사회적 불의와 부정의 희생자인 흑인 소년은 자신의 열악한 처지를 긍정적으로 여길 뿐만 아니라 백인 소년보다 더 축복 받은 것으로 생각합니다. 심지어는 백인 소년을 돕겠다는 마음까지 품습니다. 이를 통해 열악한 현실에도 굴하지 않는 순수함에 대한 찬양이라는 주제를 쉽게 읽어낼 수 있습니다.

그러나 이처럼 소박한 읽기를 방해하는 장치를 블레이크는 곳곳에 숨겨놓고 있습니다. 우선 첫 연의 "범주적 이원론"(a categorical dualism)은 순수의 한계를 그대로 드러내는 듯하여 마음에 걸립니다. 시의 화자인 흑인 소년은 영과 육을 구분하는 인습적 사고를 거부감 없이 받아들이고 있습니다. 더욱 심각한 것은 흰색을 선으로, 검은색을 악으로 간주하는 백색(인)우월주의 이념을 가감 없이 수용하고 있는 점입니다. "영국아이"의 피부색을 천사의 것에 비유하고 자신의 검은 피부색을 "빛이 제거된"(bereav'd of light) 것으로 묘사하는 부분에서는 그의 순수성이 의심스러워지기까지 합니다. 아니, 그 순수한 마음이 사실은 무지와 통하는 것으로 인습적인 단선적 사고의 연장선상에 놓여 있음을 확연히 느끼게 해줍니다.

엄마가 나무 그늘 아래에서 아이를 무릎 위에 앉히고 위로의 말을 해주는 대목은 믿음과 사랑이 넘치는 순수 상태의 전형적 모습이라 할 수 있습니다. 그러나 그녀가 들려주는 말의 내용을 살펴보면 그 모습 자체가 다르게 느껴집니다. 「굴뚝청소부」에서 소년 화자가 톰에게 들려주는 위로의 말처럼, 엄마의 말도 자신들이 자행하는 불의를 합리화하는 기득권 세력들의 변명과 크게 다르지 않게 들립니다. 자신도 살아오면서 인종차별의 부당한 폐해를 겪었을 것을 감안한다면, 엄마의 얘기는 위선적이며 무책임하다고 여겨집니다. 더구나 이 세상을 다음 세상을 위한 잠깐 동안('a little space')의 준비과정으로 그리는 대목에서는 "감미로운 황금 나라"(sweet golden clime)라는 환상을 내세워 이 세상에서의 불의와 부정을 감수할 것을 용인하고 강요하는 지배세력들의 교묘한 이데올로기가 느껴집니다.

이 대목에서 좀 더 적극적으로 상상력을 발휘하는 독자라면 그늘을 제공해주는 나무의 의미도 예사롭지 않게 해석할 것입니다. 편안함과 휴식의 의미보다는 경험 세계의 사악한 교훈을 교사(敎唆)하는 사탄 뱀을 연상할 것입니다. 그 나무에서 거짓 종교의 온상인 "신비의 나무"(the Tree of Mystery) 잔영을 보게 될 것입니다.

엄마의 말씀을 그대로 받아들이는 순진한 흑인 소년은 이제 백인 영국아이에 꿀릴 게 없습니다. 오히려 자신의 검은 색 피부가 하나님 사랑의 열기를 더 잘 견딜 수 있으니 자신이 그를 보호해주어야 한다는 우월의식까지 갖게 됩니다. 하지만 그것은 그들이 검고 하얀 구름에서 벗어난 내세에서나 있음직한 일입니다. 빛을 가리는 구름에 육신을 비유하는 것에서 확인할 수 있듯이, 이 세상을 다음 세상을 위해 거쳐 지나가는 곳으로 여기는 인습적 허위의식에서 자유롭지 못하다는 걸 느낄 수 있습니다. 현실에서 자행되는 폭력적 불의를 도외시한 채 엉뚱한 우월감에 젖어 있는 건 결과적으로 불의의 존속에 대한 합리화의 빌미만 제공해주는 셈입니다.

연출자 블레이크는 이처럼 다양한 장치를 통해 독자의 '행동할 수 있는 능력'을 자극합니다. 물론 허위의식에 사로잡혀 있는 흑인 아이나 엄마를 비판하거나 매도하지는 않습니다. 다만 그들이 오류의 '상태'에 있음을 간접적으로 암시해주고 있을 뿐입니다. 그러므로 이 '순수의 노래'를 통해 느끼는 주제를 단선적으로 정리할 수가 없습니다. 자신에게 가해지는 현실적 불의에도 굴하지 않는 순수함에 대한 찬양이라는 주제와 더불어, 불의의 희생자가 그것을 기쁜 마음으로 수용한다 해서 그것이 정당화될 수 없다는 주제도 함께 확인할 수 있습니다. 아울러 순수함이 얼마나 손쉽게 타락한 경험으로 이어질 수 있으며 또 이용당할 수 있는가에 대한 예언자 시인의 경고도 느낄 수 있는 것입니다.

이 시는 뮤지컬 「팬텀」에서 주인공 에릭이 자기가 가장 좋아하는 시라고 소개하면서 더욱 주목을 받기도 했습니다.

교회의 변질

블레이크의 「사랑의 정원」

("The Garden of Love")

사랑의 정원에 갔다.

그곳에서 이제까지 본 적 없는 것을 보았다.

내가 놀던 잔디밭에

예배당이 중앙에 서 있었다.

예배당 문은 잠겨 있었고

"하지 말지어다"라는 말이 그 문 위에 적혀 있었다.

그래서 나는 많은 향기로운 꽃들이 피어 있는

사랑의 정원으로 향했다.

그리고 보았다, 그것들이 무덤으로 가득 차 있는 것을.

꽃들이 있어야 할 자리에 묘석이 있는 것을.

그리고 검은 옷을 입은 사제들이 돌아다니며

가시덤불로 내 기쁨과 욕망을 묶고 있었다.

I went to the Garden of Love,

And saw what I never had seen:

A Chapel was built in the midst,

Where I used to play on the green.

And the gates of this Chapel were shut,

And 'Thou shalt not' writ over the door;

So I turned to the Garden of Love

That so many sweet flowers bore;

And I saw it was filled with graves,

And tomb-stones where flowers should be;

And priests in black gowns were walking their rounds,

And binding with briars my joys and desires.

이 시는 『순수와 경험의 노래』에 실려 있는 '경험의 노래'입니다. 인간 본연의 욕망을 죄악시하는 인습화한 종교에 대한 비판을 담고 있습니다. 꽤 저돌적입니다. '예배당'이나 '사제' 등을 언급하면서 정통 영국 교회를 직접 겨냥하고 있습니다. 금기의 계명("하지 말지어다")을 앞세운 기성 종교에 대한 블레이크의 분노가 어느 정도였는지 가늠케 해주는 대목입니다.

푸른 잔디밭에서 자유로운 사랑을 꿈꾸던 '순수'의 화자는 전에 본 적이 없는 ('경험'의) 광경에 놀랍니다. 아니 분노합니다. 즐거운 놀이의 터가 사라진 것을 확인한 것입니다. 놀이를 금하는 예배당이 대신 자리를 차지하고 금욕의 계명을 내세운 채 출입마저 금하고 있습니다.

실망하여 꽃들이 만발해 있던 사랑의 정원을 찾아가지만 그곳의 모습은 더욱 을씨년스럽습니다. 죽음의 그림자가 짙게 드리워져 있는 것입니다. 묘지와 비석이 꽃을 대신하고 있습니다. 더 심각한 것은 죽음의 빛인 검은 색 옷을 입은 사제가 가시덤불로 기쁨과 욕망을 가로막고 있는 점입니다.

해방의 시인 블레이크에게 욕망의 억압은 질병의 원인일 뿐입니다. 금욕의 계명에 쫓겨 폭풍우 치는 한밤중에 비밀스러운 사랑을 해야 하는 장미는 병들 수밖에 없습니다(「병든 장미」, "The Sick Rose"). 태양을 사모하면서도 땅에 붙박여 사랑을 실현하지 못하는 해바라기가 가고 싶어 하는 곳은 좌절된 욕망으로 파리해진 젊은이들이 갈망하는 곳과 동일합니다(「아! 해바라기여」, "Ah! Sun-Flower").

이 시는 최근 노래로 만들어져 더 주목을 받고 있습니다. 머니(Rodney Money)라는 묘한 이름의 신예 작곡자가 곡을 붙였습니다. 아직은 유튜브에서만 주로 활동하고 있지만 곡의 수준이나 연주 역량은 만만치 않습니다. 처음 피아노와 바이올린이 서주 형식으로 분위기를 조성합니다. 자유롭고 즐거운 사랑이 가능했던 과거를 그리워하는 듯, 아니면 현재의 상황을 안타까워하는 듯, 서정적인 선율이 이어지다가 켈트 풍의 소프라노의 노래가 시작됩니다. SSAA 합창 형식으로 두 파트의 소프라노와 두 파트의 알토가 조성하는 하모니가 꽤 절절하게 이어집니다. 많은 시 노래가 시에 매몰되어 음악적 승화에 이르지 못하는데 이 노래는 이를 잘 극복하고 있습니다. 블레이크 시를 노래로 만든 것 중, 탠저린 드림(Tangerine Dream)의 「호랑이」(The Tyger) 못지않은 완성도를 보여주고 있습니다.

첼로와 기타 반주에 소프라노가 노래하는 스트라우트(Samuel

Strout) 작곡의 노래도 추천할 만합니다. 머니의 곡에 못지않은 또 다른 차원의 극적 성취를 보여줍니다.

아는 것이 좋아하는 것만 못하고 좋아하는 것이 즐기는 것만 못하다 했습니다. 즐길 마음의 준비가 되어 있어야 계절이든 음악이든 제대로 즐길 수 있습니다. 일을 핑계 삼아서는 아무리 아름다운 계절이 찾아오고 아무리 아름다운 선율이 흘러도 느낄 수 없습니다.

일만 하고 놀 줄 모르면 바보가 됩니다. 블레이크의 지적대로 놀이를 죄악시하고는 풍요로운 삶을 영위할 수 없습니다. 놀 줄 모르면서 기도는 제대로 할까? 기도하는 마음 없이는 제대로 된 삶도 꾸릴 수 없을 것입니다.

거듭남을 희구함

블레이크의 「호랑이」
("The Tyger")

호랑아, 어둠의 숲에서

이글이글 불타는 호랑아

어떤 불멸의 손 아니 눈이

너의 무서운 균형을 빚어낼 수 있었을까?

어느 머나먼 심연 혹은 하늘에서

너의 두 눈의 불이 타고 있었을까?

어떤 날개로 그가 감히 날아오를까?

어떤 손이 감히 그 불을 움켜쥐는가?

어떤 어깨가, 어떤 기술이

너의 심장의 힘줄을 비틀 수 있었을까?

너의 심장이 뛰기 시작할 때,

어떤 무서운 손이, 어떤 무서운 발이?

어떤 망치가? 어떤 사슬이,

어떤 불가마 속에 너의 두뇌가 있었는가?

어떤 모루가? 어떤 무서운 집게가
그 무시무시한 공포를 감히 쥐었는가?

별들이 창을 내던지고
눈물로 하늘을 적실 때
그분이 자신의 작품을 보고 웃었을까?
어린 양을 만든 이가 너를 만들었을까?

호랑아, 어둠의 숲에서
이글이글 불타는 호랑아
어떤 불멸의 손 아니 눈이
너의 무서운 균형을 감히 빚어냈을까?

Tyger Tyger, burning bright,
In the forests of the night;
What immortal hand or eye,
Could frame thy fearful symmetry?

In what distant deeps or skies.
Burnt the fire of thine eyes?
On what wings dare he aspire?
What the hand, dare seize the fire?

And what shoulder, & what art,
Could twist the sinews of thy heart?

And when thy heart began to beat,
What dread hand? & what dread feet?

What the hammer? what the chain,
In what furnace was thy brain?
What the anvil? what dread grasp,
Dare its deadly terrors clasp!

When the stars threw down their spears
And water'd heaven with their tears:
Did he smile his work to see?
Did he who made the Lamb make thee?

Tyger Tyger burning bright,
In the forests of the night:
What immortal hand or eye,
Dare frame thy fearful symmetry?

블레이크의 변증법적 상상력이 빚어낸 걸작으로 평가되는 「호랑이」는 '인간 영혼의 두 가지 상반된 상태를 보여주기' 위해 쓰인 『순수와 경험의 노래』 중 '경험의 노래'에 속합니다. 그의 서정시 중 가장 유명한 작품의 하나로 영국인과 미국인이 가장 애송하는 시로 꼽히기도 합니다. 그들은 블레이크 얘기만 나오면 이내 "Tyger, tyger, burning bright / In the forest of the night"라고 암송을 시작할 정도입니다.

대문호 셰익스피어의 걸작 『햄릿』(*Hamlet*)과 같은 논란거리를 제공해주고 있다는 평을 받는 이 시의 주제는 쉽게 정리할 수가 없습니다. 무시무시한 호랑이를 만든 창조주의 위대함에 대한 찬양의 의미도 있고, 호랑이로 상징되는 당시 혁명세력들에 대한 부정적 태도를 비판하려는 의도도 있습니다. '순수의 노래'에 속하는 「어린 양」("The Lamb")과 짝을 이루는 이 시는 순수의 단순성을 비판하는 데 그치지 않고 그 이상의 심오한 주제를 담고 있습니다.

「어린 양」의 주제는 '순수'한 아이의 입장에서 본 신의 모습입니다. 그 모습은 온유하고 부드러우며 사랑으로 넘칩니다. 이와 대조를 이루는 「호랑이」에서 신의 모습은 무시무시하며 파괴적이기도 합니다. 「어린 양」에서는 어린 양과 신, 그리고 아이를 일치시킴으로써 주제를 보다 명료하게 제시하는 반면, 「호랑이」에서는 무시무시한 맹수로 창조주를 묘사함으로써 간접적으로 신의 모습을 유추하게 합니다. 어린 '양의 모습' 혹은 '양다움'(lambness)은 곧 신의 모습이지만, '호랑이의 모습' 혹은 '호랑이다움'(tygerness)은 곧 신의 모습이 아닙니다. 그래서 주제는 '호랑이의 모습'으로까지 확장되어야 합니다.

1연에서부터 호랑이의 모습은 경험 세계의 오류를 뛰어넘어 거듭남을 추구하는 혁명세력으로 그려집니다. 호랑이는 어둠의 오류("the forests of the night") 속에서 혁명의(혹은 분노의) 불을 밝히는 존재입니다. 신은 이러한 무시무시한 존재조차 당신의 피조물로 삼고 있습니다. 물론 성급한 단정은 유보되어야 합니다. 왜냐면 그것이 질문의 형태로 제기되고 있기 때문입니다. 의심이라 할 수도 있겠고 경외의 감탄이라 할 수도 있습니다.

혁명세력은 '반역의 원조'라고 할 수 있는 프로메테우스

(Prometheus)와 사탄(Satan)을 연상시킵니다. 2연에 나오는 "머나먼 심연"(distant deeps)이 사탄이 머무르는 지옥을 상기시킨다면, "하늘"(skies)은 프로메테우스가 인간을 위해 불을 훔친 올림포스 산을 떠올리게 합니다. 날개를 타고 날아오르기를 꿈꾸는 게 사탄이라면, "감히 불을 손으로 쥐려하는" 이는 프로메테우스라고 할 수 있습니다.

그 다음에는 이 무시무시한 존재의 창조 과정에 대한 소개가 이어집니다. 창조의 온상인 대장간 이미지가 넘쳐나는 부분도 의문문 형태로 제시됩니다. 이것은 경탄의 표현이면서 동시에 강한 의혹의 표식으로 읽힐 수 있습니다. 당시 기득권자들이나 현실 안주를 바라는 사람들에게 변혁을 꾀하는 사람들은 두려운 존재입니다. 악의 무리로 간주하고 싶어 합니다. 그런데 이러한 세력 또한 신의 피조물 중 하나라면 얘기는 그렇게 간단하지가 않습니다. 그것도 나름의 존재의의를 지니는 것이라고 유추할 수 있기 때문입니다. 세상의 불의를 제거하려는 것이라는, 매우 적극적인 의미를 지닐 수 있습니다. 이는 당시 프랑스의 혁명세력이나 영국 내의 혁명에 동조하는 진보적 지식인들을 악의 존재로 매도했던 기득권 세력의 이분법적 사고에 대한 블레이크의 저항의 표시라고 할 수 있습니다. (촛불시민을 '종북좌파' 불온세력으로 매도하는 우리의 현실과도 이어지는 대목입니다!)

그런데 이 부분에서도 블레이크의 태도는 중층적입니다. 경탄의 대상으로 표현하면서도 두려움의 대상, 즉 타기해야 할 대상이라는 모습도 동시에 보여줍니다. 그것의 파괴적 속성 때문에 「어린 양」에서 그리는 '사랑의 하나님'과는 대조적인 '공의(公義)의 하나님' 모습이면서도 긍정적 의미를 적극적으로 표출시키지 않는 것입니다.

서술형이 아닌 의문문은 고양된 경탄 및 찬양의 정도를 나타내지만, 그에 못지않게 의혹과 두려움의 심도를 드러내는 데에도 기여합니다. 그래서 5연에서 "그분(神)이 자신의 작품을 보고 웃었을까? / 어린 양을 만든 이가 너를 만들었을까?"에 대한 답이 쉽지 않은 것입니다.

블레이크는 여기에서도 그 답을 독자의 몫으로 남겨놓습니다. 자신의 답을 강요하는 것은 또 다른 압제입니다. 자유를 최고의 가치로 여기는 블레이크는 그 답을 독자의 몫으로 유보합니다. 독자들의 "행동할 수 있는 능력"(faculties to act)을 진작시키는 게 중요하기 때문입니다.

동판으로 찍어낸 호랑이의 모습도 판본마다 상이하게 나타납니다. 어떤 판본에서는 분노의 호랑이답게 선정적인 색채로 살벌한 육식동물의 모습으로 그려지는가 하면 다른 판본에서는 길들여진 고양이처럼 미소 짓는 모습으로 그려지기도 합니다. 이것에서도 시의 신비감을 높이려는 화가시인 블레이크의 의도를 확인할 수 있습니다.

이 시의 신비감 혹은 '알 수 없어요!'는 격정적인 의문문 다음에 펼쳐지는 5연의 서사적 모습에서도 엿볼 수 있습니다. 창조과정을 묘사하다 갑자기 "별들이 창을 던지고 / 하늘을 눈물로 적실 때"가 등장합니다. 별이 창을 던진다는 건 별이 빛나는 모습을 형용한 것으로 볼 수 있습니다. 1연의 "어둠(혹은 밤)의 숲"에서 살펴보았듯이 어두운 밤은 혁명을 필요로 하는 오류나 타락의 상태를 상징한다고 볼 수 있습니다. 호랑이를 혁명세력의 상징으로 본다면, 이는 자연스러운 연상입니다.

그러나 그 다음 "하늘을 눈물로 적시고"와의 연결이 쉽지 않습니다. 그 다음의 질문과의 연계성도 매끄럽지 않고요. 이 부분은 기독교의 창조신화와 연결시키는 게 자연스럽지 않을까 합니다. 밀턴의『실락원』에 의하면 천지창조가 있기 전 최고천사(Archangel) 사탄이 이끄는 반역의 무리들과 커다란 전쟁이 있었습니다. 그들이 감히 신의 권위에 도전했다가 패퇴하여 지옥의 유황불로 쫓겨나자 그 공허함을 채우기 위해 천지창조가 진행된 것으로 알려져 있습니다.

천사들은 흔히 별에 비유됩니다. 별들이 창을 던진다는 건 반역의 천사들이 무기를 버린 걸 상징합니다. 이때 하늘을 적신 눈물은 회한이나 참회의 눈물로 볼 수 있겠지요. 창조 이후에 피조물들을 보고 "보시기에 좋았더라"라는 창세기의 구절은 바로 "그가 당신의 작품(피조물)을 보고 미소를 지었을까?"와 연결시켜 해석할 수 있습니다.

세심한 분석은 시의 힘을 손상시킬 뿐이라는 주장을 수용하면서도 기왕 나선 김에 하나만 더 지적하자면, Tiger를 Tyger로 표기한 의미를 생각해보자는 것입니다. 블레이크는 시인이었을 뿐만 아니라 화가이기도 했습니다. 자신의 시에 밑그림을 그려 출판을 했습니다. 그의 시를 제대로 이해하기 위해서는 시와 그림을 같이 보아야 합니다. 동판으로 찍어냈을 때 i는 y에 비해 왜소한 모습으로 나타납니다. 호랑이의 위풍당당함을 왜곡한다고 생각할 수 있는 것입니다.

또 하나의 첨언. 이 시는 많은 작곡자들이 노래로 만들었습니다. 그 중 특히 유명한 것으로는 독일 출신의 탠저린 드림의 노래를 꼽을 수 있습니다. 독특한 합창곡으로 만들어진 볼콤(William Bolcom)의 최근작도 추천할 만합니다.

마음이 빚어낸 수갑

블레이크의 「런던」
("London")

나는 가까이에 특허 받은 템스 강이 흐르는

모든 특허 받은 거리를 걸으며

내가 만난 모든 얼굴에서

허약함과 비통함의 표징을 읽었네.

모든 사람들의 모든 울부짖음에서

모든 유아들의 두려운 울부짖음에서

모든 목소리에서, 모든 금지의 선포문에서

나는 마음이 빚어낸 수갑 소리를 들었다네.

어떻게 굴뚝청소부의 울부짖음이

어둑한 교회를 오싹하게 하는지

어떻게 불운한 병사들의 탄식이

궁정 담을 피로 흘러내리는지

그러나 심야의 거리에서 들은 가장 심각한 것은

어떻게 젊은 창녀의 저주가

새로 태어난 아기의 눈물을 말려버리고
결혼 영구마차를 재앙으로 덮어버리는가였다네.

I wander thro' each charter'd street,
Near where the charter'd Thames does flow,
And mark in every face I meet
Marks of weakness, marks of woe.

In every cry of every Man,
In every Infant's cry of fear,
In every voice, in every ban,
The mind-forg'd manacles I hear.

How the Chimney-sweeper's cry
Every black'ning Church appalls;
And the hapless Soldier's sigh
Runs in blood down Palace walls.

But most thro' midnight streets I hear
How the youthful Harlot's curse
Blasts the new born Infant's tear,
And blights with plagues the Marriage hearse.

산업사회의 '경험 상태'를 응축해서 그려주고 있는 이 시는 「호
랑이」와 더불어 가장 널리 알려진 블레이크의 작품 중 하나입니

다. 이 최초의 '도회지 시'(city poem)에서 블레이크의 상징수법은 절정의 모습을 보여줍니다. 상징은 독자의 상상력, 즉 능동적으로 '행동할 수 있는 능력'을 자극합니다. 이 시가 실려 있는 시집의 부제가 "인간 영혼의 상반된 두 상태를 보여주기 위한"인 것처럼, 시인은 스스로의 입장을 '보여주기'에 한정시키고 있습니다. 자신의 입상을 모호하게 감추면서 스스로 생각하는 능력을 독자에게 독려하는 것입니다. 자신의 입장을 명료하게 드러내면 독자의 능동적 상상력을 방해할 수 있기에.

"블레이크의 시작품 중 산업화가 개개인의 삶에 미치는 나쁜 영향에 대한 가장 거리낌 없는 항의"라고 할 수 있는 이 시의 화자는 경험의 세계에 갇혀 있는 사람입니다. 이는 그가 "만난 모든 얼굴에서 허약함과 비통함의 표징"만을 보는 단선적 획일성에서 확인할 수 있습니다. 이 획일성은 다음 연에서 훨씬 강화된 모습으로 나타납니다.

그런데 오류 상태의 원인으로 "마음이 빚어낸 수갑"을 지목하는 대목에 이르면 이러한 단정은 흔들리게 됩니다. 이 시의 화자가 단선적 시각에 갇혀 있는 게 아니라 현상 너머까지 볼 수 있는 예언자적 비전을 획득한 존재가 아닌가 하는 의심이 드는 것입니다. 블레이크는 이미 이 시의 첫머리에 그러한 의심의 단초를 배치해놓았습니다. "모든 특허 받은 거리"와 "특허 받은 템스 강"이라는 표현에서 아이러니컬한 의미를 느낄 수 있도록 장치해놓은 것입니다.

특허를 인정하는 건 특정인에게 일정한 자유를 인정하는 것이지만, 한편으론 배타적인 것이어서 다른 이들의 자유를 제약한다는 의미입니다. 영국 민주주의의 시발점이라 일컬어지는 대헌장

(Magna Carta)*은 왕 한 사람이 가지고 있는 독점적 정치권력을 귀족들과 나누겠다는 약속입니다. 그러나 한편으론 왕과 귀족 외에 다수 인민들의 정치적 권한은 허용하지 않겠다는 공공의 약속인 것입니다.

'특허 받은'이란 '자유가 허여 된'의 의미이지만, 돌려 생각하면 다른 사람들의 '자유를 제약'한다는 의미를 지닙니다. 더구나 자유의 상징 템스 강이나 모든 사람이 자유롭게 활보해야 할 거리를 제약하다니! 이는 모든 것을 소유의 대상으로 여기는 자본주의화와 산업화의 산물인 것입니다.

또한 '금지의 선포문'(ban)도 다양한 의미를 함축하고 있습니다. 일차적으로는 경험세계에 횡행하는 각종 금지령이나 인간 본연의 욕망을 죄악시하며 생긴 금욕의 계명으로 해석할 수 있습니다. 그러나 뒤에 나오는 군인과 연계하면 선전포고의 의미도 지니고, 결혼마차와 연계시키면 결혼 예고문(marriage proclamation)의 의미도 지닙니다.

전쟁이 선포되면 모든 이들의 권리가 제약을 받을 수밖에 없습니다. 왕을 비롯한 지휘관에게는 무한한 권한이 주어지지만, 군인들의 권리는 모두 저당 잡힌 꼴이 되고 맙니다. 결혼 포고문 또한 배타적 '특허권'을 부여해주기 위한 사전 조처라고 할 수 있습니다. 오직 한 사람과의 배타적 사랑이라는 '특허권'을 허용하는 건 더 이상 자유로운 사랑(연애)을 금지한다는 말의 다른 표현입니다. 결혼이 사랑의 종말, 즉 죽음으로 이어질 수 있는 것입니다. "결혼 영구마차"라는 표현은 이러한 인식에서 나온 것입니다. 창녀는 이

---

* 영국의 존(John)왕이 1215년 6월 15일 귀족들의 압력에 못 이겨 승인한 칙허장(勅許狀)으로 영국 헌법의 기초라고 할 수 있음.

러한 제약에서 벗어나고자 하는 욕망의 부산물이고요.

이 시의 의미는 경험세계의 대표적 희생자인 굴뚝청소부, 군인, 창녀와 이들 비참한 처지의 원인제공자라 할 수 있는 교회, 궁성, 그리고 결혼제도를 연계시켜 그려주고 있는 '정치경제학적' 예지를 통해 더욱 풍성해지고 강화됩니다. 이 시의 화자는 일면 경험의 단선적 시각에 갇혀 있는 듯하면서도 통찰력을 지닌 선지자적 모습을 동시에 띠고 있습니다.

이 또한 독자의 '행동하는 능력', 즉 이 시의 화자나 블레이크 자신의 것에 비견할만한 만큼의 상상력이 전제되지 않으면 눈치 챌 수 없습니다. 굴뚝청소부의 외침이 어떻게 교회를 섬뜩하게 하는지, 불운한 군인들의 한숨이 어떻게 궁성의 벽을 피로 물들이게 하는지, 젊은 창녀의 저주가 어떻게 결혼마차를 영구차로 만들어버리는지 등의 문제는 결국 독자의 '정치경제학적' 상상력에 의해서만 해소될 수 있습니다.

욕망의 역설과 아이러니

셸리의 「오지만디아스」
("Ozymandias")

나는 고대 나라에서 온 한 여행자를 만났는데

그가 말해주었지. "돌로 된 거대한 두 다리가

몸통이 사라진 채 사막에 서 있어. 그 근처 모래밭에는

부서진 얼굴상이 반쯤 묻혀 있고. 그 찡그린 얼굴,

주름 가득한 입술과 싸늘한 명령조의 냉소는

그 조각가가 왕의 격정을 잘 이해하고 있음을 보여주었지.

그 격정은 이 생명 없는 물체에 새겨진 채 그것을 모사한 손이나

그것을 품었던 심장보다도 오래 남아 있지.

그 대좌에는 다음과 같은 말이 새겨져 있어.

'내 이름은 오지만디아스, 왕 중의 왕이로다.

너희 힘센 자들이여 나의 위업을 보라, 그리고 절망하라!'

그밖엔 아무것도 남아 있지 않았어. 그 거대한

잔해의 폐허 주위에는 풀 한 포기 없는 채로

끝없이 황량하고 평평한 사막만이 멀리 펼쳐져 있을 뿐."

I met a traveller from an antique land

Who said: "Two vast and trunkless legs of stone

Stand in desert. Near them, on the sand,

Half sunk, a shattered visage lies, whose frown,

And wrinkled lip, and sneer of cold command,

Tell that its sculptor well those passions read

Which yet survive, stamped on these lifeless things,

The hand that mock'd them, and the heart that fed:

And on the pedestal these words appear:

'My name is Ozymandias, king of kings:

Look on My works, ye Mighty, and despair!'

Nothing beside remains. Round the decay

Of that colossal wreck, boundless and bare,

The lone and level sands stretch far away."

이 시는 영국 낭만주의 시인 셸리의 회의적 이상주의가 극명하게 응집되어 있는 수작입니다. 자유와 정의를 소중하게 여겼던 시인은 모든 압제와 불의에 저항합니다. 사랑의 자유를 억압한다는 이유로 결혼제도에 회의적이었던 그는 가부장적인 아버지의 압제에 시달리던 처녀(Harriet Westbrook)를 '해방'시켜주기 위해 사랑의 도피행각을 감행하기도 합니다. 하지만 흔히 그러하듯 이상은 현실 앞에서 좌절합니다. 자유의 이념은 소중하지만 그것이 온전한 사랑을 담보하지는 못했습니다. 셸리는 다른 이상적 여인인 스승 고드윈(William Godwin, 1756-1836)의 딸 메리(Mary, 1797-1851)에게로 떠나고 첫 부인은 자살하고 맙니다.

자유와 정의는 '숨은 신'(Hidden God)처럼 현실에서는 부재합니다. 그렇다고 그 이상을 포기할 수는 없습니다. 신플라톤주의가 말하듯 현실은 이상세계 이데아의 현현(顯現)이지만 항상 불완전합니다. 시인은 불완전함에 좌절하지 않고 계속 이상세계를 상기시키며 분투하는 비극적 존재입니다. 신의 섭리(Providence)를 내세우며 세속에 저항하는 구약의 선지자와도 같은. 그래서 시인은 "인생의 가시밭에 쓰러져 피를 흘린다!"(I fall upon the thorns of life! I bleed!)고 절규하는 것입니다.

오지만디아스는 절대 권력의 화신인 이집트의 파라오 람세스 2세(Ramses II, BC 1303-1213)의 그리스식 이름입니다. 구약성경의 「출애굽기」에서 해방자 모세와 맞서 이스라엘 백성을 탄압한 압제자 파라오가 그를 모델로 했을 것이라 추정하는 이들도 있습니다.

오지만디아스가 치세하는 동안 이집트는 리비아와 팔레스타인 지역까지 세력을 확장할 정도로 번성합니다. 각지에 자신의 거대한 조각상과 신전과 승전기념비를 세웠습니다. 그가 총애했던 부인 네페르타리를 위해 아부심벨에 따로 신전을 짓기도 했습니다. 근처에 조성된 그녀의 무덤은 '왕비의 계곡'(Valley of the Queens) 중 가장 크고 화려한 것으로 유명합니다.

오지만디아스는 절대 권력을 휘둘렀을 뿐만 아니라 이를 과시하기 위한 기념 작업에도 물불을 가리지 않았습니다. 수많은 사람들의 자유가 억압되었으며 때로는 커다란 희생도 치러야 했음을 짐작할 수 있습니다. 시인 셸리가 경계해 마지않던 폭군의 전형인 것입니다.

그러던 차에 대영박물관에서 진행된 고대 이집트 유물 전시회를 통해 시인의 염원은 상상력의 나래를 펼칩니다. 그것은 가상의 이집트 여행객의 입을 통해 간접적으로 표출됩니다. 객관성을 가장하기 위해 프레임의 가면을 이용하는 것입니다. 좀 더 높은 객관성을 담보하려면 열린 프레임을 닫고 시가 마감되어야 합니다. 그러나 시인은 그런 연출까지는 하지 않습니다. 소네트라는 좁은 공간이라 여의치 않았을 수도 있지만, 너무 억지스러운 작위(作爲)라는 걸 시인도 명확하게 인식하고 있었을 것입니다.

망가진 전시유물을 통해 시인은 절대군주가 남긴 위업도 세월의 무게를 견디지 못해 많이 손상되었을 거라고 상상합니다. 그것은 시인의 믿음이자 희망이기도 합니다. 그 허무하고 스산한 모습은 몸통이 떨어져나간 채 두 다리만 횅뎅그렁하게 서 있는 사막을 배경으로 그려집니다. 그 곁에는 한때 천하를 호령했던 절대군주의 얼굴상이 손상된 채 반쯤 모래밭에 묻혀 있습니다. 찡그린 얼굴과 주름진 입술, 차가운 명령조의 냉소는 그가 얼마나 권위적이고 오만한 격정의 소유자였는지를 잘 보여줍니다.

여기서 주목할 점은 조각가가 이를 잘 모사(摹寫)했다는 대목입니다. 파라오는 조각가를 불러 자신의 권위와 위업이 잘 드러나도록 새기라는 명령을 위협조로 내렸을 것입니다. 조각가는 면전에서는 굽신 거릴 수밖에 없었겠지만 속으로는 이런 생각을 했겠지요. '당신의 위세는 얼마 지나지 않아 죽으면 사라지겠지만 나의 (예술) 작품은 영원히 살아남을 거야!' 말하자면 '인생은 짧고 예술은 길다'라고. 모사하다는 뜻의 'mock'라는 단어에는 '비웃다' 혹은 '업신여기다'는 의미도 포함되어 있습니다. 조각가는 왕을 업신여기면서 모사하고 있었을 것입니다.

시인은 이 대목에서 또 다른 차원의 역설과 아이러니도 함께 배치합니다. 오지만디아스 뿐만 아니라 조각가의 오만한 격정의 자부심까지 풍자의 대상으로 삼은 것입니다. 그 격정은 생명 없는 돌에 새겨진 채 그것을 모사했던 조각가의 손이나 그것을 키워온 오지만디아스의 심장보다 오래 남아 있습니다. 이는 그것을 생생하게 잘 새겼다는 의미이기도 하지만, 오만함에서 그 누구도 자유롭지 못하다는 인간의 보편적 속성 혹은 운명을 동시에 함축하는 것입니다. 권력과 예술은 덧없는데 그 권력을 키우고 예술을 가능하게 했던 오만과 자부심의 격정은 오히려 영원한 것입니다.

시의 후반부에서 이런 역설과 아이러니의 묘미는 절정에 달합니다. 조각상의 대좌에 새겨진 오지만디아스의 자만에 넘치는 외침, 특히 '절망하라!'에서 절망의 주체가 힘센 자들에 국한되지 않습니다. 절망의 기운은 그들을 넘고 조각가의 자부심을 넘고 오지만디아스의 오만함을 넘어 우리에게까지 확산되고 있습니다.

오지만디아스가 노렸던 것은 자신의 엄청난 위업을 보고 감히 넘볼 수 없어 절망하라는 것이었습니다. 하지만 그 위업의 부서지고 황폐화한 모습을 보면 인간의 일이, 그것이 왕의 것이든 예술가의 것이든, 시간의 흐름 앞에 덧없이 파괴되고 만다는 것을, 그래서 우리 모두 절망할 수밖에 없다는 걸 깨닫게 합니다.

실제 오지만디아스 조각상 대좌에는 "나는 왕 중의 왕 오디만디아스. 내가 얼마나 위대하며 내가 어디에 누워 있는지 알고자 하는 자는 내가 이룬 업적들 중 하나라도 넘어서야 하리라!"라고 새겨져 있다고 합니다. 그런데 이 오만한 자부심의 외침을 셸리는 절망의 탄식으로 바꿔버린 것입니다.

절망의 허허로운 분위기는 시의 마지막 부분에서 풀 한 포기 없이 넓기만 하고 황량한 사막과, 대좌의 외침을 대비시킴으로써 더욱 극적인 효과를 자아내고 있습니다. 절대적인 권력도 세월의 흐름 앞에서는 무력할 수밖에 없습니다. 엄청난 것을 이루었다고 했지만, 그것이 파라오의 것이든 예술가의 것이든, 남는 건 쓸쓸한

잔해의 폐허일 뿐입니다. 무엇을 이루기 위해 다른 사람의 자유를 빼앗고 희생시키는 짓은 그 자체로도 정의롭지 못하지만 그 결과도 허허롭습니다. 자유와 정의를 소중하게 여기는 시인은 짧은 소네트를 통해 그러한 진리를 설파하고 있는 것입니다.

우리 다시 떠나자!

테니슨의 「율리시스」
("Ulysses")

나는 여정을 멈출 수 없소.

삶의 술을 그 바닥까지 마실 것이오.

언제나 나는 제대로 즐겼고, 고통도 제대로 맛보았소.

나를 사랑했던 사람들과 함께, 아니면 혼자서.

……

나는 내가 경험했던 그 모든 것의 일부,

허나 모든 경험은 하나의 반달문, 그 문을 통해

아직 가보지 못한 세계가 어렴풋이 빛나며 유혹하지,

그 가장자리는 내가 다가가면 점점 멀어지고.

……

저기 항구가 있소. 배는 돛에 가득 바람을 맞아 펄럭이고

망망한 검은 바다는 어둠에 싸여 있소. 뱃사람들이여,

나와 더불어 고생하고 일하고 고민했던 친구들이여,

정녕 천둥과 햇볕을 흔쾌히 함께 받아들이고,

자유로운 마음, 자유로운 이마로 대항했던 동지들이여,

그대들도 늙었고 나도 마찬가지요, 허나 늙은 나이에도

얻어야 할 명예와 힘써 이뤄야 할 일이 있다오.

죽음은 모든 것을 닫아 버리지만, 그러나 그 종말이 오기 전에

무언가 고상한 업적을, 신들과 다투었던 사람들에게

어울릴 만한 일을 이룩할 수 있을 것이오.

불빛들이 바위들 위에서 반짝거리기 시작하는구려.

기나긴 날이 저물고 느린 달이 솟아오르오. 바다는

많은 목소리로 신음하며 감돌고 있소. 오라 벗들이여.

새로운 세계를 찾아 나서기에 너무 늦은 것은 아니니.

배를 미시오, 줄지어 앉아서

철썩거리는 파도를 가르며 나아갑시다. 나의 목표는

죽을 때까지 해지는 곳을 넘어, 모든 서쪽 별들이

물에 잠기는 곳 너머까지 항해해 나가는 것이오.

어쩌면 깊은 바다가 우리를 삼킬지도 모르오.

어쩌면 우리가 "행복의 섬"에 다다라서

옛 친구 위대한 아킬레스를 만나 보게 될지도 모르오.

비록 잃은 것은 많지만 아직 남은 것도 많다오.

그리고 이제는 비록 지난날 하늘과 땅을 움직였던

그러한 힘을 갖고 있진 못하지만, 지금의 우리가 바로 우리요.

여전히 변함없는 영웅적 기백,

세월과 운명에 의해 쇠약해졌지만, 분투하고, 추구하고

찾아 나서고 결코 굴복하지 않겠다는 의지는 강하다오.

I cannot rest from travel; I will drink

Life to the lees. All times I have enjoyed

Greatly, have suffered greatly, both with those

That loved me, and alone;

......

I am part of all that I have met;

Yet all experience is an arch wherethrough

Gleams that untraveled world whose margin fades

Forever and forever when I move.

......

There lies the port; the vessel puffs her sail;

There gloom the dark, broad seas. My mariners,

Souls that have toiled, and wrought, and thought with me---

That ever with a frolic welcome took

The thunder and the sunshine, and opposed

Free hearts, free foreheads---you and I are old;

Old age hath yet his honor and his toil.

Death closes all; but something ere the end,

Some work of noble note, may yet be done,

Not unbecoming men that strove with gods.

The lights begin to twinkle from the rocks;

The long day wanes; the slow moon climbs; the deep

Moans round with many voices. Come, my friends.

'T is not too late to seek a newer world.

Push off, and sitting well in order smite

the sounding furrows; for my purpose holds

To sail beyond the sunset, and the baths

Of all the western stars, until I die.

It may be that the gulfs will wash us down;

It may be that we shall touch the Happy Isles,

And we the great Achilles, whom we knew.

Though much is taken, much abides; and though

We are not now that strength which in old days

Moved earth and heaven, that which we are, we are---

One equal temper of heroic hearts,

Made weak by time and fate, but strong in will

To strive, to see, to find, and not to yield.

이 시는 빅토리아조 영국의 진취적인 기상이 잘 배어있는 테니슨의 대표작입니다. 지나간 과거를 동경하는 애수어린 서정시를 주로 썼던 시인에게는 꽤 이례적인 작품이라 할 수 있습니다. 산업혁명 이후 급격하게 변해가는 상황에서 시인은 변화 이전의 옛날을 그리워하는 시를 즐겨 썼습니다. 여기에는 친구 할렘의 갑작스러운 죽음이 사회 변화 못지않게 강한 영향을 끼쳤을 것입니다.

하지만 이 시에서는 시인이 우려스런 마음으로 지켜보던, 세계로 뻗어나가는 영국사회의 적극적인 모험정신을 오히려 부추기고 있습니다. 그리스 신화에서 가장 모험적인 영웅이라 할 수 있는 오디세우스(Odysseus, 로마 명으로 율리시스Ulysses)를 주인공으로 등장시켜서 말입니다.

서사시 『오디세이』의 주인공인 오디세우스는 트로이 전쟁이 끝난 후에도 방랑의 모험을 멈추지 않습니다. 바다의 신 포세이돈의 외눈박이 아들의 눈을 멀게 하여 미움을 산 그는 신이 주는 갖가지 시련을 즐거운 마음으로 견뎌냅니다. 양쪽 해안에 괴물들(Scylla and Charybdis)이 살고 있는 해협도 마다하지 않고 지나가며 마녀 키르케(Circe)와의 사랑도 피해가지 않습니다. 아름다운 노래로 선원들을 유혹하여 위험에 빠뜨리는 사이렌(Siren)과 만나는 장면에서 특히 그의 모험정신은 극적으로 확인됩니다. 사이렌의 노래를 들으면 유혹에 넘어가 죽을 수도 있기 때문에 다른 선원들의 귀는 밀랍으로 막아버립니다. 그러나 자신은 그 노래를 꼭 듣고 싶어합니다. 하여 어떤 일이 있어도 풀어주지 말 것을 명령하고는 돛에 몸을 묶게 합니다. 그 상태로 사이렌 노래의 고혹적인 마력을 생생하게 즐기는 것입니다.

그는 심지어 미래에 대한 전망 혹은 삶의 근원적 지혜를 얻기 위해 죽음의 지하세계 방문도 마다하지 않습니다. 여기에서 서구 서사시의 중요한 관행 혹은 인습이 하나 생깁니다. 서사시의 주인공은 반드시 지하세계를 방문해야 한다는. 이는 죽음과도 같은 어려움을 극복해야 진정한 영웅으로 거듭날 수 있다는 의미를 함축하기도 합니다. 진정한 신이 되기 위해서는 괴물(용)을 물리치는 용퇴치자(dragon-slayer)가 되어야 한다는 신화 이야기와 연결되는 대목입니다.

이렇게 모험심 강한 그가 고향 이타카(Ithaca)에 돌아와 정숙한 아내 페넬로페(Penelope)와 백년해로하며 잘 지냈다는 것은 어딘가 좀 어색합니다. 분명 방랑벽에 시달렸을 것입니다. 이 비슷한 의문을 르네상스기 이탈리아의 대문호 단테도 가졌던 모양입니다. 그의 대표작인 『신곡』에서 지하세계로 율리시스(오디세우스)를 찾아가 묻습니다. 고향 이타카에 정착했냐고. 역시 아니었습니다. 그는 다시 역마살이 돋아 서쪽으로 항해를 떠났다는 것입니다.

이 시는 율리시스를 소환하여 '자 다시 떠나자!' 친구들을 유혹하는 장면을 묘사한 극적독백(Dramatic Monologue)으로 되어 있습니다. 극적독백은 연극의 독백 형식을 이용하여 한 인물이 이야기하는 식으로 쓴 시의 형태입니다. 연극의 독백은 듣는 이 없이 그냥 혼자 말하는 것이지만 극적독백에서는 일정한 청자가 있습니다. 다만 혼자서 일방적으로 말을 하는 형태입니다. 등장인물의 미묘한 심리를 묘사하기에 효과적이며 테니슨과 동시대의 시인 브라우닝 (Robert Browning, 1812-1889)이 특히 이 형식을 탁월하게 구사했습니다. 그 이후 많은 시인들이 종종 이 형식을 활용했습니다.

첫 연에서 화자 율리시스는 왕으로 모험 없는 안이한 삶을 영위하는 스스로의 모습을 자책하고 있습니다. '늙은 아내'와 '불모의 험한 바위산 사이'에서 '하릴없는 왕'으로 살아가는 모습을 경멸합니다. 자기와 같은 영웅을 이해하지 못하는 '야만적인 족속에서 보상과 벌을 내리며' 통치하는 것을 '먹고 자고 새끼를 낳는' 동물적 삶이라 한탄하고 있습니다.

그래서 다음 연에서 '나는 여정을 멈출 수 없소' 소리치는 것입니다. 대충 살아갈 수 없음을 '인생의 술을 그 바닥까지 마실' 것이라고 표현하면서. 이제까지도 기쁨이건 고통이건 대충 경험하지 않았습니다. 그래서 그는 '제대로'(greatly)를 강조하고 있는 것입니다.

그 다음 '반달문' 비유도 절묘합니다. 새로운 세상을 경험하고 나면 그 너머의 세계가 다시 손짓을 합니다. 하나의 경험이 또 다른 경험을 부추기는 것입니다. 등산할 때 저 바위까지만 가자고 마음먹지만 그 바위 위에 서서 마주하게 되는 새로운 풍광이 저 너머 절벽 있는 데까지 가보고 싶은 마음을 부추깁니다. 그렇게 모험은 새로운 모험으로 이어지는 것입니다. '내려올 거 뭐 하러 올라가?' 게으른 사람들의 푸념과는 달라도 많이 다른 것이지요.

이럴 때 꼭 토를 달고 나서는 사람들이 있습니다. '그러면 집안 살림은 어떡하고요?' '왕국은 누가 다스리나?'라고 시비를 걸어오는 것입니다. 그 다음 연은 이에 대한 율리시스의 답으로 되어 있습니다. 그는 집안 살림과 왕국 통치는 실용적인 아들 텔레마코스(Telemachos)에게 맡기면 된다고 너스레를 떱니다. 『오디세이』에 등장하는 텔레마코스는 아버지 못지않은 모험가요 영웅입니다. 더구나 아직 혈기 왕성한. 그런데 화자 율리시스는 그를 매우 실용적인 사람이라 규정하며 '그에게는 그의 일이 있고 나에게는 나의 일이 있다!'고 가르마를 타버립니다.

이어서 본격적으로 선원 동지들을 유혹하는 연설이 진행됩니다. '저기 항구가 있소'는 바다가 어서 오라고 우리를 부르고 있다는 것의 다른 표현입니다. 바람에 펄럭이는 돛도 유혹적이기는 마찬가지고요. 한때 죽음을 두려워하지 않고 모험을 즐겼던 걸 회상시키는 것은 또 다른 유혹의 수사법입니다.

물론 나이를 상기시키는 이가 분명 있을 것입니다. 그것을 부인할 수는 없습니다. 하지만 나이 들었다고 손 놓고 있을 수만은 없습니다. 노인에게도 그에 적합한 일이 있게 마련입니다. 더구나 하늘과 바다를 호령하고 주름잡던 뱃사람들이라면 더욱 그럴 것입니다.

율리시스가 가보고 싶은 곳은 별이 지는 저 바다 끝입니다. 별이 진다는 것은 율리시스와 같은 노인의 죽음을 상기시키기도 합니다. 깊은 바다가 삼켜버릴 수 있습니다. 위험을 두려워하면 영웅이 될 수 없지요. 그것을 무릅써야만 남다른 결실을 맛볼 수 있습니다. 운이 좋으면 트로이 전쟁의 으뜸 영웅 아킬레스(Achilles)를 만날 수도 있는 것입니다. 신화에 따르면 지브롤터 해협 너머 대서양에 '축복의 섬'이 있답니다. 그곳은 제우스에게 옥좌를 빼앗긴 크로노스가 다스리는 것으로 되어 있습니다. 아킬레스와 같은 영웅은 죽어

이곳에 살고 있답니다. ('영웅은 죽지 않는다. 다만 사라질 뿐이다!'는 말은 이런 산화에 근거한 것입니다. 영웅숭배가 이어지는 곳은 바로 그 영웅이 죽지 않고 사라진 곳입니다.)

새로운 모험을 떠나기에 나이가 너무 많다는 점 우리의 주인공도 인정하고 있습니다. 그러나 '분투하고, 추구하고, 찾아 나서고 결코 굴복하지 않겠다는' 불굴의 의지만은 여전하다는 것을 강조하며 율리시스의 설득은 마감됩니다.

운명이나 세월을 탓하며 약해지기 쉬운 우리들 마음자리를 되잡기에 큰 격려가 되는 시가 아닌가 합니다. 그래서 영화 「죽은 시인의 사회」에서도 새로운 학교생활을 다짐하는 모임을 시작할 때 주인공 닐(Neil Perry)이 이 시를 낭송하나 봅니다. 그 모임에서는 주문처럼 소로의 『월든』 일부도 낭송되는데, 이 또한 삶을 대충 살지 않겠다는 다짐에 다름 아닙니다.

인습에 젖어 대충대충 살아가는 우리들을 뒤돌아보게 하는 시입니다. 유행에 휘둘려 인생의 본질을 놓치는 삶을 경계하는 시로 읽히기도 합니다. 벗어나봐야 제대로 돌아올 수 있습니다. 한 번 뿐인 삶인데 남들 흉내만 내다 갈 수는 없습니다. 그런 마음이 들 때 권해드리고 싶은 시입니다.

사랑으로도 부족하다는

아놀드의 「도버 비치」
("Dover Beach")

오래 전 소포클레스는

에게해에서 그 소리를 들었지요

그 소리는 그의 마음속에 밀려왔다 밀려가는

인간 불행의 혼탁한 조수라는 생각을 불러일으켰지요.

우리 역시 그 소리에서 생각 하나를 발견하지요,

이 먼 북쪽 바다에서 그 소리를 들으며

한때 믿음의 바다는

만조를 이루었지요. 지구의 해안가 주위를

마치 접힌 밝은 테두리의 주름처럼 감싸고 있었지요.

하지만 지금은 오직

물러나는 바다의 구슬프고 긴 불협화음만 들려옵니다,

밤바람의 숨결에 맞춰서 세상의 광대하고 음울한

가장자리와 드러난 자갈들 아래로 물러나면서 내는.

아 사랑하는 이여, 우리 서로

진실합시다! 왜냐하면

마치 꿈의 세계처럼 우리 앞에 펼쳐진 세상은,

그렇게 다채롭고 아름답고 새로워 보이지만

사실은 어떤 즐거움도, 사랑도, 빛도,

확신도, 평화도, 그리고 고통 완화제도 가지고 있지 않으니.

그리고 우리가 있는 여기는 마치 어두운 전쟁터와 같으오.

밤에 피아를 구분하지 못하는 군인들이 엉켜 싸우는

진격과 후퇴의 경적이 당혹스럽게 뒤섞여 휩쓸고 지나가는.

Sophocles long ago

Heard it on the Aegean, and it brought

Into his mind the turbid ebb and flow

Of human misery; we

Find also in the sound a thought,

Hearing it by this distant northern sea.

The Sea of Faith

Was once, too, at the full, and round earth's shore

Lay like the folds of a bright girdle furl'd.

But now I only hear

Its melancholy, long, withdrawing roar,

Retreating, to the breath

Of the night-wind, down the vast edges drear

And naked shingles of the world.

Ah, love, let us be true

To one another! for the world, which seems

To lie before us like a land of dreams,

So various, so beautiful, so new,

Hath really neither joy, nor love, nor light,

Nor certitude, nor peace, nor help for pain;

And we are here as on a darkling plain

Swept with confused alarms of struggle and flight,

Where ignorant armies clash by night.

아놀드(Matthew Arnold, 1822-1888)가 쓴 「도버 비치」는 영국 빅토리아 시대에 발표된 시 가운데 현대적 감수성이 분명하게 드러난 최초의 작품으로 알려져 있습니다. 과학의 발달과 맞물리는 신앙의 퇴조, 그로 인한 만물의 영장이라는 인간 존엄에 대한 회의, 그리고 소외의 주제까지, 20세기를 풍미했던 실존주의와 인간 존재의 부조리성 혹은 비극성의 전조가 함축되어 있습니다.

시의 시작부터 그러한 것은 아닙니다. 위의 인용에서는 생략된 작품의 첫 머리는 매우 서정적인 연애시 풍입니다. 실제 이 작품은 '신혼여행 시'(honeymoon poem)로 불리기도 합니다. 시의 화자는 대륙으로 신혼여행을 떠나기 위해 도버해협의 영국 쪽 해안 숙소에 머물러 있습니다. 프랑스 쪽 해안이 어슴푸레 보이는 창가에 서 있는 신랑이 침대에 누워 있을 신부에게 말을 건네는 독백 형식으로 진행됩니다.

'오늘밤 바다가 고요하군요'로 시작되는 사랑의 밀어에는 주변 풍경이 그림처럼 묘사됩니다. 들려오는 건 오직 파도가 밀려왔다 밀려가는 소리 뿐.

화자인 신랑은 끊임없이 반복되는 파도소리에서 '영원한 슬픔의 가락'(eternal note of sadness)을 확인합니다. 이를 계기로 그리스 비극작가 소포클레스가 서 있었던 에게 해안이 상상의 날개 속에서 펼쳐집니다. 그 비극의 주인공들에게 밀려왔던 인간 불행의 밀물과 썰물을 떠올리는 것입니다.

예를 들자면, 안티고네! 그녀의 아버지 오이디푸스는 어머니가 같은 오빠이기도 합니다. 오이디푸스가 어머니와 결혼을 해서 낳은 비극의 산물인 것이지요. 이 비극은 또 다른 비극의 씨앗이 됩니다. 오이디푸스가 스스로 눈을 찌르고 사라진 뒤 안티고네는 새롭게 왕이 된 외삼촌의 아들과 결혼을 하게 됩니다. 문제는 쌍둥이 오빠들이 왕위계승권을 두고 서로 적이 되어 전쟁을 벌인 데서 비롯됩니다. 유명한 '테베에 저항한 일곱 전사'(Seven Against Thebe)의 전쟁에서 두 오빠는 진영을 달리하여 사생결단의 싸움을 합니다. 두 오빠 중 하나는 역적이 될 수밖에 없는 비극적, 부조리한(absurd) 상황이 벌어진 것이지요. 더 심각한 일은 역적이 된 오빠의 시신 처리 과정에서 파생됩니다. 왕은 시신의 매장을 금지시킵니다. 하늘의 법(제우스의 법)은 죽은 자를 매장해주도록 되어 있습니다. 안티고네는 여기서 또 다시 실존적 고민에 빠지게 됩니다. 세상을 떠난 오빠에게 하늘이 정한 매장의 예를 갖춰주고 싶은 것이지요. 하지만 이는 시아버지가 세운 국법을 어기는 일입니다. 희랍 비극의 주인공들은 이런 상황에서 대부분 '죽어도 좋아!'를 선택하지요. 그녀도 결국 또 다른 역적이 되어 처형됩니다. 그러자 남편도 그녀를 따라 스스로 목숨을 끊게 되고.

셰익스피어의 표현대로 슬픔은 홀로 오지 않습니다. 군단의 모습으로 밀려옵니다. 밀물 썰물이 끝없이 교차하듯. 하여 '인간 불행의 혼탁한 조수'라는 표현이 등장합니다. 화자인 신랑도 머나먼 북쪽 바다*에서 이 비극시인과 비슷한 생각을 하는 것입니다.

왜 이런 비극적 상황에 처하게 되는 걸까요? 인간이 처한 상황에 대한 시인의 진단은 가혹합니다. 그래서 현대적이지요. 인간이 처한 상황은 언제나 비극적이고 부조리합니다. 하지만 신앙의 힘으로 그 잔인한 현실을 (잠깐) 감출 수는 있습니다. 바닷가는 원래 지저분합니다. 육지의 쓰레기가 모이고 바다의 쓰레기도 파도에 밀려옵니다. 하지만 밀물 때는 쓰레기가 물에 가려 보이지 않습니다. 썰물 때 흉한 몰골이 드러나기 전까지는 멋스럽게 보일 수도 있지요.

인간이 처한 실제 상황은 언제나 비극적입니다. 신앙의 힘으로 이를 모른 체 할 수는 있습니다. 그러나 이제 어렵게 되었습니다. 진화 생물학과 지질학, 천문학, 고고학 등 과학적 지식이 인간 본연의 모습을 속속 밝혀주고 있습니다. 만물의 영장도 아니고 우주의 주인도 아니고 이성적이고 합리적인 존재도 아니라는 걸 가차 없이 알려주고 있습니다. 성경에 대한 과학적 탐구(Higher Criticism)도 신앙의 퇴조에 크게 기여하고 있습니다. 시인이 처한 빅토리아 시대가 그랬습니다.

흔히 빅토리아 시대를 '믿음과 회의의 시대'(Age of Faith and Doubt)라 칭합니다. 산업혁명과 성공적인 식민지 경영을 통해 영국의 물질적 삶의 조건은 획기적으로 개선되었습니다. 더불어 민주주의의 발달도 사람들에게 희망의 믿음을 안겨주었습니다. 그러나 민주주의의 근간이라 할 수 있는 개인주의는 공동체적 삶을 와해시켰고 이로 인해 개개인은 자기 정체성을 스스로 확인해야 하는 곤궁함에 처

---

* 도버해협은 소포클레스가 서 있던 에게해보다 훨씬 북쪽에 있음.

하게 되었습니다. 소외의 문제가 심각하게 대두되기 시작한 것입니다.

물질적 풍요도 개인주의와 결합하면 속물적 이기주의로 흐르게 됩니다. 신앙의 퇴조로 인한 가치관의 상실은 인간과 세상, 그 미래에 대한 회의로 이어집니다. 하여 교회의 권위를 되살려야 한다는 고교회운동(High Church Movement) 등으로 발버둥 쳐보지만 흐름을 바꾸기에는 역부족이었습니다.

진단이 있었으니 처방이 있어야겠지요. 신랑과 신부는 갓 결혼을 한 사람들이니 사랑이 처방일 수 있겠습니다. 그러나 사랑은 이미 전제되어 있습니다. 결혼을 했으니까. 하지만 사랑조차도 현대에 오면서 점점 제 구실을 못하고 있습니다. 공동의 가치관이 사라졌으므로. 소설가이자 시인 메러디스(George Meredith, 1828-1909)는 시집 『현대의 사랑』(*Modern Love*)에서 침대 위의 부부가 둘 사이에 칼을 놓고 누워 있는 이미지로 현대의 사랑을 그린 바 있습니다. 아놀드도 섬처럼 고립되어 있는 인간 실존을 다룬 시에서 사랑하는 사람들의 소외감이나 소통 부재를 한탄한 바 있습니다. 사랑하는 사람이 그나마 행복한 것은 서로 잘 소통할 수 있으리라는 환상을 간직하기 때문이라고까지 꼬집었습니다.

> 보다 행복한 사람들, 왜냐하면 그들은 적어도
> 두 마음이 하나로 합쳐질 수 있으며
> 믿음을 통해 끝없이 펼쳐지는 고립으로부터
> 벗어날 수 있다고 꿈을 꾸니까
> 그대보다 실제로 덜 외롭지 않은데도
> 스스로의 고립감을 알지 못하니까
>
> 「고립: 마가레트에게」("Isolation: To Marguerite") 부분

결국 아놀드는 '서로에게 진실되기'라는 처방을 합니다. 그에 앞서 다시 한 번 현실을 적시하면서. 우리가 살고 있는 세상의 실체는 보이는 겉모습과는 다릅니다. 마지막의 유명한 전쟁터 비유는 이런 현실 인식의 연장선에 놓여 있습니다. 신앙에 근거한 가치관은 상실했으니 옳고 그름을 판단할 수도 없습니다. 그것은 어두운 전장에서 피아를 구분하지 못하고 후퇴와 진격의 명령을 혼동하는 상황과 비슷합니다. 진격하라는 명령이 아군에게 내려진 것인지, 퇴각하라는 나팔소리가 적에게 하는 것인지를 구분하지 못하는 것이지요. 무지하다는(ignorant) 말은 군인들이 무식하다는 뜻이 아니고 피아를 구분하지 못한다는 의미입니다.

　사랑의 신 큐피드(Cupid)와 프시케(Psyche) 신화에서 나타나듯 믿음이 없는 곳에 사랑은 있을 수 없습니다. 사랑으로 세상을 바꿀 수는 없지만 사랑하는 이들이 믿음으로 진실 되게 소통한다면, 질곡의 상황을 견뎌낼 수는 있을 겁니다. 시를 인생 비평(a criticism of life)이라 정의한 시인 아놀드는 삶을 좀 더 견딜만하게 해주는 것이 시의 의미라고 했습니다.

　소박한 사랑을 해결책으로 제시하는 다른 시들의 처방에 비해 많이 답답하게 느껴지기도 합니다. 사랑으로도 부족하다니, 해결책이 아닌 듯도 합니다. 그러나 현실이 그런 걸 어찌하나요. 환상을 지닌 채 편하게 넘어갈 수는 없습니다. 환상은 언제나 더 쓰라린 환멸을 동반하기 마련이니까요!

물신주의에 대한 풍자

클라프의 「최근의 십계명」
("The Latest Decalogue")

그대에게는 오직 하나의 신만이 있나니 누가

두 신을 섬기는 비용을 부담하려 하겠는가?

동전에 새겨진 것을 제외하고는

어떤 새겨진 상(像)도 숭배 받지 못할지니라.

맹세하지 마라, 왜냐하면 그대의 저주로 인해

그대의 적이 전혀 나빠지지 않으니까.

주일에 교회에 가는 것은 세상 사람들을

그대의 친구로 지켜주는 데 기여할 것이다.

그대 부모님을 공경하라, 모든 혜택이

그곳으로부터 나올 것이니.

살인하지 마라. 그렇다고 살리기 위해

쓸데없이 친절을 베풀 필요는 없노라.

간음하지 마라. 그것으로부터

어떤 이득도 얻는 게 없을 것이니.

도둑질하지 마라. 사기가 더 효율적일 때

부질없는 노고에 불과하나니.

거짓 증언하지 마라. 거짓말로 하여금

스스로 날개를 타고 날아가게 기다려라.
탐욕 부리지 마라. 그러나 전통은
모든 종류의 경쟁을 인정한다.

요약하면, 누군가를 굳이 사랑하려면
위에 있는 신만 사랑하라.
어떤 경우에도 그대 자신보다 이웃을
더 사랑하려 애쓰지는 마라

Thou shalt have one God only; who
Would be at the expense of two?
No graven images may be
Worshipp'd, except the currency:
Swear not at all; for, for thy curse
Thine enemy is none the worse:
At church on Sunday to attend
Will serve to keep the world thy friend:
Honour thy parents; that is, all
From whom advancement may befall:
Thou shalt not kill; but need'st not strive
Officiously to keep alive:
Do not adultery commit;
Advantage rarely comes of it:
Thou shalt not steal; an empty feat,
When it's so lucrative to cheat:

Bear not false witness; let the lie
Have time on its own wings to fly:
Thou shalt not covet; but tradition
Approves all forms of competition

The sum of all is, thou shalt love,
If any body, God above:
At any rate shall never labour
More than thyself to love thy neighbour.

언제 어디서나 그릇된 신앙의 폐해는 생겨납니다. 니체(Friedrich
Wilhelm Nietzsche, 1844-1900)의 지적처럼 진리의 적은 거짓이 아
니라 (잘못된) 믿음이니까요. 우리나라에서도 최근 들어 특정 종교
가 보여주는 행태가 이를 여실히 증명해주고 있습니다.

자본주의의 심화 과정에서 재물을 중시하는 게 당연한 것으로
여겨집니다. 결국 재물과 탐욕을 경계하던 종교의 근간까지 뒤흔
들어 버립니다. '카이사르의 것'(세속의 영역)과 '여호와 하나님의
것'(신앙의 세계)을 분명하게 구분했던 그리스도의 불같은 정언명
령에도 불구하고, 종교와 정치와 세속의 '돈놀이'가 서로 뒤엉켜서
핵심 교리나 계명까지 부인되거나 왜곡 해석되고 급기야는 '돈벌
이'가 강요되는 상황까지 벌어지게 됩니다.

산업혁명 이후 급격한 자본주의화 과정을 겪은 19세기 중후반
의 영국에서도 비슷한 뒤틀림이 전개되었습니다. '사회적 교사'
로서의 지위를 상실한 성직자들을 대신하여 선지자-시인(poet-
prophet)들이 이를 신랄하게 비판하고 나섰습니다. 클라프(Arthur

Hugh Clough, 1819-1861)의 「최근의 십계명」은 그 대표적인 예입니다.

이 유명한 풍자시에서 시인은 교회의 핵심 계율인 십계명을 해체 조롱하고 있습니다. 십계명을 왜곡 해석하는 신앙행태를 고발하며 신앙인들의 위선을 비아냥거리고 있습니다.

십계명은 '모세의 십계(十誡)' 또는 '십계'로도 불리는데, 원래 두 개의 돌판에 새겨져 있었다고 합니다. 내용은 구약성서의 「출애굽기」 20장과 「신명기」 5장에 거의 비슷하게 기록되어 있습니다. 십계명은 후대 이스라엘의 모든 율법의 기초가 되었습니다. 이집트에서 탈출한 이스라엘 민족이 농경문화를 이루고 있던 가나안의 토착민들과 대결해나가면서 구축한 사회의식·종교의식·윤리의식 등 고유 전통을 보존하는 핵심 고리가 되었습니다. 이스라엘 왕국시대는 물론이고 초대교회 이후 오늘날까지도 모든 그리스도인들의 기본 생활규범이 되고 있습니다.

기독교인이 아니어도 기억하는 이가 많은 십계명의 주 내용은 이렇습니다. ①여호와 이외의 다른 신을 섬기지 말라. ②우상을 섬기지 말라. ③하느님의 이름을 망령되이 부르지 말라. ④안식일을 거룩히 지키라. ⑤너희 부모를 공경하라. ⑥살인하지 말라. ⑦간음하지 말라. ⑧도둑질하지 말라. ⑨이웃에 대하여 거짓증언을 하지 말라. ⑩네 이웃의 재물을 탐내지 말라.

이 시에서는 각각의 계명이 자본세상의 입장에서 재해석되어 근본정신이 왜곡되고 있음을 지적합니다. 유일신을 강조하는 제1계명은 기독교의 핵심입니다. 그런데 이 시에서는 신을 여럿 섬기려면 비용이 많이 들기 때문이라고 비꼬고 있습니다. 하나의 신 섬기는 데에도 많은 돈이 드는데 누가 여러 신을 섬기는 비용을 부담하겠냐는 겁니다. 사이비 교회꾼들의 철저한 황금만능주의에 대한 통렬한 비판입니다. 최근 SNS에 소개된 한국 개신교의 수많은 종류의 헌금을 떠올리면 저절로 고개가 끄덕여지는 대목입니다.

'새겨진 상'이란 기독교에서 경계하는 우상입니다. 이 대목에서는 우상숭배는 하지 않겠다면서 동전이나 지폐에 새겨진 상, 즉 돈은 중시하는 풍조를 꼬집고 있습니다. 우리나라 만원 지폐에는 세종대왕상이, 백원 동전에는 이순신장군상이, 영국 파운드화에는 엘리자베스여왕상이 새겨져 있습니다.

우상 숭배를 금하는 건 신 이외에는 그 어떤 것도 목적이 되어서는 안 되기 때문입니다. 그런데 교회가 비대해지면 자기목적성이 강화됩니다. 교회가 목적이 되고 신은 오히려 수단이 됩니다. 거대 조직을 지탱해가기 위해 돈이 필요하고 결국 돈이 목적이 되고 신과 교회는 수단이 되고 마는 모습으로 주객이 전도되는 것입니다. 로마교회가 비대해지면서 각종 비리의 온상이 되자 이에 대한 항의로 '종교개혁'을 부르짖으며 탄생한 게 개신교회입니다. 그런데 개신교회가 비대해지면서 자신들이 비판했던 타락한 옛 로마교회를 닮아가는 것입니다.

세 번째 계명 부분에서도 동음이의어에 의한 말장난(pun)이 이어집니다. 영어 'swear'에는 '맹세하다'와 '욕하다' 혹은 '저주하다'의 의미가 함께 들어 있습니다. 원래 계명은 여호와를 망령되이 들먹이며 맹세하는 걸 경계하는 것인데, 여기서는 세속적으로 전혀 도움이 되지 않는 일이니 쓸데없이 욕하거나 저주하지 말라고 비틀고 있습니다.

원래 주일(일요일)의 의미는 말 그대로 오롯이 '주님을 섬기는 날'입니다. 그래서 기독교인들은 어떤 상황에서도 주일예배만은 지키려고 합니다. 하지만 시인은 그 속내를 다르게 진단합니다. 세속적인 계산에서 나온 관행이라는 것입니다. 일부 타락한 한국 개신교를 비판하는 사람들이 지적하고 있는 교인들끼리만 서로 돕는 '배타적 공동체'와도 연결되는 비아냥거림입니다.

부모에 대한 공경 계명도 세속적으로 해석됩니다. '아버님 날 낳으시고 어머님 날 기르시니' 이를 감사하는 효성으로 섬기는 게 아니라, '엄마 찬스'나 '아빠 찬스'가 무엇보다 소중해서라는 것입니다.

뒤이은 금기의 계명들도 철저하게 세속적이거나 자본주의적 이해득실 차원에서 재해석되거나 해체됩니다. 원래는 나름의 공동체 사회를 유지하기 위해 필수불가결한 도덕률로 제기된 것일 텐데 여기서는 철저하게 실용적 차원의 의미만 부각되고 있습니다.

살인하지 말라는 건 생명존중의 철학을 실천하라는 것일 텐데 여기서는 돈벌이나 출세에 도움이 안 되는 일에는 간여하지 말라는 소극적 의미로 제시됩니다. 간음도 일부일처제 사회를 유지하기 위해 지켜야 할 덕목인데 득 될 게 없어서 기피하는 것으로 그려집니다.

도둑질을 금하는 계명은 더 노골적으로 해체됩니다. 사기를 치는 게 훨씬 효과적인데 왜 덜 생산적인 절도에 시간 낭비를 하냐고 나무랍니다. 거짓 증언도 마찬가지로 실용적인 차원에서 금할 것을 권합니다. 거짓말은 소문이 되어 저절로 퍼지게 되어 있으니 이를 위해 굳이 시간을 낭비할 필요가 없다는 것입니다.

탐욕이야말로 모든 경쟁의 원동력입니다. 욕심이 없다면 누가 그 힘겨운 경쟁에 휩싸일까요? 자본세상에서 경쟁은 불가피한 것이므로 '선의의 경쟁' 운운하며 용인할 뿐만 아니라 전통으로까지 자리를 잡게 됩니다. 결국 전통이라는 이름으로 경쟁의 뿌리인 탐욕조차 용납되어버리는 것입니다.

이 시는 원래 두 가지 판본이 존재합니다. 대영박물관 판본과 하버드대학 판본. 하버드대학 판본은 여기에서 시가 끝납니다. 그런데 대영박물관 판본에는 부록처럼 4행이 추가되어 있습니다. 전체 십계명의 내용을 요약하는 모양새로.

마태복음을 패러디하고 있는 이 부분에서도 기독교의 핵심 교리인 사랑을 해체시켜버립니다. 사랑이 당위적 계명으로 권해지는 게 아니라, 피할 수 없을 때 하는 억지춘향 행위로 제시됩니다. 꼭 사랑할 필요는 없지만 군이 해야 한다면 주변 사람들은 제외하고 별 노력이 필요치 않은 하늘에 계신 신이나 사랑하라는 겁니다. 그리고 절대로 이웃에 대한 사랑이 자기사랑을 뛰어넘어서는 안 된다는 걸 강조하면서 시를 마무리합니다.

백몇십 년 전의 영국 사회를 풍자하는 시가 지금의 우리 사회를 정확하게 들여다보고 있다는 느낌입니다. 자본주의가 들어온 지 겨우 100여 년, 물신주의 풍조가 너무나 당연한 것으로 치부되고 있습니다. 아이들의 꿈마저도 '부자 되는 것'이 되어버렸습니다. 이런 말도 안 되는 꿈을 부모와 어른들이 조장하고 있습니다. 작금의 한국 현실을 한참 전 먼 섬나라 시인이 보란 듯이 신랄하게, 아니 유쾌하게 꼬집고 있으니 참으로 '웃픈' 시라 하겠습니다.

그래도 희망을 노래하련다

클라프의 「투쟁이 헛되다고 말하지 마라」
("Say Not the Struggle Nought Availeth")

투쟁이 헛되다고 말하지 마라
모든 노고와 상처가 허사일 뿐이라고
적은 기운이 빠지거나 약해지지도 않았으며
상황은 조금도 달라진 것이 없다, 라고.

희망이 쉽게 믿는 얼간이의 것이라면, 공포는 거짓말쟁이의 것,
아마 저 연막 뒤에서는
그대의 전우들이 지금도 패주자를 추격하고 있을지도 몰라.
그대와 같은 자들이 없었다면 이미 승리를 했을지도 몰라.

지친 파도가, 헛되이 부서지며 애를 쓰고 있을 때
이곳에서는 한 치의 땅도 점령하지 못하는 듯하지만,
저 내륙에서는, 하구와 후미진 만으로 전진하면서
대양이 조용히 밀려들어오고 있지 않은가?

햇살이 들어올 때
빛이 동쪽의 창으로만 들어오는 게 아니니,

전면에선 태양이 천천히 솟아오르지만, 얼마나 느린가
보라, 뒤쪽 서편의 대지는 이미 밝게 빛나고 있지 않은가!

Say not the struggle nought availeth,
The labour and the wounds are vain,
The enemy faints not nor faileth,
And as things have been, things remain;

If hopes were dupes, fears may be liars;
It may be, in yon smoke conceal'd,
Your comrades chase e'en now the fliers—
And, but for you, possess the field.

For while the tired waves vainly breaking
Seem here no painful inch to gain,
Far back, through creeks and inlets making,
Comes silent, flooding in, the main.

And not by eastern windows only,
When daylight comes, comes in the light,
In front the sun climbs slow, how slowly,
But westward, look! the land is bright.

19세기 중반 영국의 인민헌장운동(Chartist Movement)이 별 실
효를 거두지 못할 때, 1848년 프랑스와 1849년 이탈리아에서 혁

명이 실패로 마무리될 때, 두 나라의 진보적 인사들뿐만 아니라 영국의 많은 지식인들은 무위(無爲)의 철학에 함몰되어 갔습니다. 운동의 뒷전에 물러앉아 '헛되고 헛되도다!'만 되뇌었습니다.

그 와중에 이런 허무주의적 회색인들을 질타하는 이도 있었습니다. 믿음 없이 머뭇거리는 게 패배의 원인임을 지적하며 전선으로의 전진을 부추기며 폐허의 사막에서 꽃을 피워보겠다고 몸부림하는 사람도 있었습니다. 클라프의 이 시는 그러한 북돋움의 대표적인 예입니다.

세상은 여전히 안타깝기만 합니다. 많은 성현들의 가르침에도 불구하고, 숱한 선지자들이 수천 년 동안 피를 토하며 외쳤음에도 불구하고, '아 옛날이여!'는 찬란한 21세기에도 횡행하고 있습니다. 탐욕과 이기주의는 수많은 제도 개선과 법 제정의 허점을 파고들어 여전히 승승장구하고 있습니다. 법과 제도가 기득권 세력의 끝 모를 욕심을 오히려 정당화해주는 도구로 이용되기도 합니다.

공자는 "공자가 죽어야 나라가 산다."는 세력에 쫓겨 아직도 정착하지 못하고 방황 중입니다. 예수 팔아 호의호식하는 사람들이 오히려 그의 재림을 싫어하며 가로막습니다. 소크라테스를 추종하는 이들도 여전히 탄압과 투옥의 위협에서 자유롭지 못합니다. 동학농민혁명은 일제의 침탈로 이어지고 3.1운동은 유화적 문화정책에 숭고한 동력을 상실하고 말았습니다. 4.19는 5.16으로 빛을 잃고 1980년 서울의 봄은 전두환 군사독재에 빌미를 제공해주었습니다.

절망의 푸념은 쉽습니다. 눈앞의 현상에만 매달리면 됩니다. 이면을 꿰뚫어보는 통찰력이나 상상력의 도움을 필요로 하지 않습니다. 팔 걷고 나설 일도 없습니다. 그냥 주저앉아 투덜대기만 하면

됩니다. 행동에 옮길 용기가 없으니 절망적 상황을 강조하는지도 모릅니다. 게으름과 무위의 평계거리를 찾는 것입니다.

묘하게도 이런 푸념꾼들이 그럴듯해 보입니다. 희망을 가지고 뭔가 해보려는 사람은 철없어 보입니다. 세상을 몰라도 한참 모르고 쉽게 속아 넘어가는 바보처럼 보이기도 합니다. 그래서 많은 어른들은 젊은이들에게 섣부르게 나서지 말라고, 그래봤자 아무 소용없고 너만 다친다고 충고를 해댑니다. 오죽하면 희망을 도덕적 의무라고 했을까요. 희망을 견지하는 게 얼마나 어려운 일이면.

이 시도 이런 현실을 반증하고 있습니다. 많은 이들이 희망을 버리지 않고 투쟁의 노력을 지속했다면 이런 시는 탄생하지도 않았을 겁니다. 뻔한 이야기는 시가 될 수 없으므로.

중요한 건 이를 당위로만 강조해서는 설득력이나 감동으로 이어질 수 없다는 것! 자연현상에 절묘하게 비유함으로써 교조적 선언이 아니라 감동의 시로 승화될 수 있었습니다.

첫 비유는 밀물의 더딤에 관한 것입니다. 앞만 보고 있으면 수면의 상승은 지루하고 더딥니다. 그러나 뒤돌아보면 드넓은 만의 모래밭은 이미 물속에 잠겨 있고 바다로 흘러가는 실개천들도 당당한 강의 모습을 하고 있습니다. 변화가 없거나 더디게 여겼는데 보이지 않은 곳에서 어느새 큰 변화를 이루고 있는 것입니다.

두 번째 비유는 일출의 느림에 관한 것입니다. 지리산 천왕봉에 올라 일출을 맞이해본 사람들은 절감할 것입니다. 언제 태양이 떠오를지 기다림의 시간이 한정 없이 느껴져서 조바심하고 있는 동안 저 뒤 반야봉과 노고단은 뚜렷한 모습을 당당하게 드러냅니다.

그래서 다시 희망입니다! 절망이 죽음에 이르는 병이라서가 아닙니다. 끊임없이 바위를 굴려 올리는 시시포스(Sisyphus)는 절망이 아니라 불굴의 상징이어야 합니다. 그렇지 않으면 더 어쩌지도 못하는 나락에 빠져버리기 때문입니다.

이 시는 20세기 미국 진보운동이 답보상태에 빠져 있을 때, 많은 진보지식인들이 체념하고 있을 때, "어둠 속의 희망"을 외친 레베카 솔닛(Rebecca Solnit, 1961-)의 울부짖음과 맥을 같이 합니다. 그녀의 지적처럼, "미래는 어둡지만, 그 어둠은 무덤의 어둠인 동시에 자궁의 어둠"입니다. 우리의 행동 여부에 달려 있는 것입니다. 작은 거라도 변화를 시도하는 것, 그게 희망의 출발점입니다. 물론 최소한의 희망조차 없다면 행동으로 옮길 수도 없습니다. 하지만 실천이 동반되지 못하면 희망은 흩어져버리고 방향을 잃게 됩니다. 희망과 실천이 서로에게 자양분을 제공해준다는 말은 이렇게 해서 생긴 것입니다.

솔닛이 인용한 체코의 반체제 작가 바츨라프 하벨(Vaclav Havel, 1936-2011)의 말도 이 시를 더욱 깊이 이해하게 만드는 길라잡이입니다.

> "희망은 세계의 상태가 아니고 무엇보다 마음의 상태라고 나는 이해한다. 우리 내부에 희망을 지니고 있거나 지니고 있지 않거나 둘 중 하나인 것이다. 그것은 영혼의 차원에 속하는 것이지, 본질적으로 세계에 관한 어떤 특정한 관측이나 상황 평가에 기대지 않는다. 희망은 예언이 아니다. 그것은 영혼의 지향이자 마음의 지향이어서, 직접 경험되는 세계를 초월하며 그 세계의 지평 너머 어느 곳에 닻을 내리고 있다. 이런 깊고 강력한 희망은 상황이 잘 돌아가고 있다는 기쁨이나, 머지않아 성공할 것이 분명한 사업에 기꺼이 투자하려는 마음과는 다르다. 그러한 희망은 어떤 일이 성

공할 가능성이 있기 때문만이 아니라 그 일이 선한 것이기 때문에 그것을 이루기 위해 일할 수 있는 능력이다."

희망은 미래에 대한 막연한 기대나 기다림이 아닙니다. 소파에 가만히 앉아서 번호를 맞춰보는 로또복권과 같은 것이 아닙니다. 약속되거나 보장된 게 아니라 우리가 나서서 가꾸어가야 할 성장이 느린 나무와도 같은 것입니다. 희망한다는 건 미래에 자신을 바치는 일입니다. 헌신을 통해서만 그 의미를 보장받을 수 있다는 믿음입니다. 이 시가 그러한 마음다짐의 응원가가 되었으면 좋겠습니다.

검은 강인성에 대한 찬가

휴즈의 「니그로가 강들에 대해 말하다」
("The Negro Speaks of Rivers")

나는 강들을 알고 있어.

세상만큼이나 오래 되고 사람의 혈관 속에 흐르는 피보다도 오래된 강들을.

나의 혼은 그 강들처럼 깊게 자라왔지.

새벽이 밝아올 때 나는 유프라테스 강에서 목욕을 했어,

콩고 강가에 오두막을 지었고 강은 나를 얼러 잠재워주었지.

나는 나일 강을 바라보았고 그 위에 피라미드를 세웠어.

에이브러햄 링컨이 뉴올리언스에 내려왔을 때 나는 미시시피 강의 노랫소리를 들었고

해가 질 때에 그 진흙 가슴이 금빛으로 변하는 것을 보았지.

나는 강들을 알고 있어.

오래된, 어스름한 강들을.

나의 혼은 그 강들처럼 깊게 자라왔지.

I've known rivers:

I've known rivers ancient as the world and older than the flow of human blood in human veins.

My soul has grown deep like the rivers.

I bathed in the Euphrates when dawns were young.

I built my hut near the Congo and it lulled me to sleep.

I looked upon the Nile and raised the pyramids above it.

I heard the singing of the Mississippi when Abe Lincoln went down to New Orleans, and I've seen its muddy bosom turn all golden in the sunset.

I've known rivers:

Ancient, dusky rivers.

My soul has grown deep like the rivers.

미국의 흑인 계관시인으로 불리는 휴즈(Langston Hughes, 1902-1967)의 대표작이자 시인으로서의 출발점인 작품입니다. 이후 시들의 발전 과정에 등장하는 핵심 주제들을 담고 있어서 더욱 주목받는 작품이기도 합니다. 휴즈가 추구했던 흑색주의(negritude), 인종차별에 대한 항의, 이 둘을 통합시키는 동시에 지양하는, 더 나은 세계를 향한 비전 등의 주제가 원형상태로 담겨 있는 시입니다.

이 시에서 화자인 '나'는 휘트먼(Walt Whitman, 1819-1892)의 「내 자신의 노래」("Song of Myself")에서처럼 개별적 자아인 동시에 보편적(universal) 자아입니다. 시인 자신이면서 동시에 흑인(혹은 인류)의 역사를 꿰뚫고 있는 신화적 존재(mythical figure)입니다. 제목에서 'A Negro'가 아니라 대표단수인 'The Negro'를 사용한 것도 이런 차원에서 주목해야 합니다.

생명은 바다에서 시작되고 문명은 강가에서 비롯됩니다. 강은 인류의 긴 역사를 알고 있습니다. 강을 안다는 건 그 긴 역사를 알고 있다는 뜻입니다.

시인은 흑인을 대표하는 화자를 강의 역사와 일치시킴으로써 흑인에게도 유구한 역사와 문화적 전통이 있다는 걸 상기시킵니다. 화자의 혼은 강의 역사와 더불어 깊어져 왔습니다. 이는 화자의 정신세계가 강의 역사만큼이나 깊다는 의미입니다. 흑인을 단순 소유물이나 노예와 같은 하등 존재로 대해서는 안 된다는, 차분하지만 강한 주장이 함축되어 있습니다.

화자가 펼쳐 보이는 비전은 역사적이면서도 신비롭지만 한편으론 매우 단순하고 소박합니다. 모든 진실이 그러한 것처럼. 그는 아프리카의 과거와 미국의 현재를 병치시키며 흑인의 정체성을 드러냅니다. 흑인에 대한 그의 지식은 역사를 창조하고 재창조하는 개인과 집단의 행위에 근거하고 있습니다.

유프라테스 강에서 목욕을 하거나 콩고 강가에서 오두막을 짓는 것은 아무런 구속을 받지 않은 상태의 자연스러운 행위입니다. 나일 강 위에 피라미드를 세운 건 노예들이 한 일입니다.(이 부분은 다른 차원의 의미도 함축하고 있습니다. 피라미드가 인류의 '불가사의한 기적'이자 문명의 금자탑이라면 흑인은 그 위대한 문명의 창조자입니다.) 이 일은 링컨이 미시시피 강을 따라 뉴올리언스까지 내려간 것과 이어지며 자연스럽게 미국의 노예제도와 이를 종식시키기 위한 남북전쟁을 떠올리게 합니다.

미시시피 강을 따라 뉴올리언스까지 가려면 켄터키, 아칸소, 미주리, 테네시, 미시시피, 그리고 루이지애나 주를 거쳐야 합니다. 이들 주는 모두 흑인의 노동력에 기초한 농장농업이 번성한 곳입니다. 1800년대 내내 뉴올리언스는 남부의 도망노예들과 자유를 얻은 노예들을 끌어들이는 자석과 같은 공간이었습니다. 그곳에는 일자리가 많았고 사회활동도 상대적으로 자유로웠으며 다양한 생활방식이 가능했습니다. 특히 그곳에 살고 있는 프랑스 사람들과 그 후손들은 예술을 존중했으며 음악과 춤을 즐겼습니다. 세계의 여행객들이 모여드는 항구도시 뉴올리언스는 유럽 식민주의자들의 음악전통과 아프리카 흑인들의 음악전통이 섞이기에 안성맞춤이었습니다. 이러한 사정으로 뉴올리언스는 미국에서 흑인 문화의 중심지로 성장했으며 나아가 재즈의 발상지가 된 것입니다.

미시시피 "강의 진흙 가슴이 해가 질 때에 금빛으로 변하는 것은 보았네", 이 대목은 한때 자유로웠다가 노예로 전락한 흑인들이 다시 자유를 찾을 거라는 희망의 메시지로 볼 수 있습니다. 이는 시인의 소망이기도 하고 인류 역사의 당위이기도 합니다.

하지만 소박한 낙관은 금물입니다. 한때 번성했던 문명도 시간의 흐름에 따라 사라져버립니다. 다른 문명으로 이어지기도 하지만 바람직한 방향으로만 이어지는 건 아닙니다. 유프라테스 강과 콩고 강의 자유로운 생활은 피라미드의 노예 문명으로 전락했고 그것은 다시 미시시피 강에서 재현되었습니다. 흑인들의 비참함 속에서 인류의 위대한 문명이 탄생하고 미국 남부의 풍성한 옥수수와 재즈 문화가 융성하게 되었습니다. 강은 이러한 '시간의 이야기'를 알고 있습니다.

"오래된, 어스름한 강"은 유구한 역사를 통해 깊어진 상태를 함축합니다. 쉽게 좌절하지 않는 무르익음도 상징합니다. 그래서 어떤 이는 이 시를 "검은 강인성에 대한 찬가"(an ode to black perseverance)라고 표현했습니다.

휴즈는 시뿐만 아니라 희곡과 단편소설도 창작했습니다. 흑인 인권운동이 활발하게 진행될 때는 그와 관련한 칼럼을 써서 힘을 보태기도 했습니다. 하지만 정치가 작가 인생에 미칠 위험에 대해 경계를 늦추지 않았습니다. 정치가 시인의 무덤이 될 수 있다고 염려하면서 후배 시인들에게 무엇보다도 시인으로서의 책임을 다하라고 충고하기도 했습니다.

휴즈는 특히 흑인 민속예술의 정수를 문학의 형식 속에 되살려 내려는 노력을 아끼지 않았습니다. 단순하고 아름다운 언어 속에 흑인들의 혼과 억눌린 꿈을 담아내려고 최선을 다했습니다. 이러한 과정을 통해 '할렘 르네상스'의 터전을 확고히 다질 수 있었으며, 특수성을 통해 보편성을 획득한다는 문학 고유의 장점을 살려 미국의 대표적인 시인으로 거듭났습니다.

영시 명시 다시 읽기

불멸의 새와 꽃의 영광을 노래하라

1판 1쇄 찍은 날 2021년 11월 8일
1판 1쇄 펴낸 날 2021년 11월 15일

지은이 이종민
펴낸이 김완준

펴낸곳 모악

출판등록 2016년 1월 21일 제2016-000004호
주소 전북 전주시 덕진구 기린대로 418 전북일보사 6층 (우)54931
전화 063-276-8601
팩스 063-276-8602
이메일 moakbooks@daum.net

ISBN 979-11-88071-39-5 03810

＊이 책의 내용을 재사용하려면 모악의 서면 동의를 받아야 합니다.
＊이 도서는 한국출판문화산업진흥원의 '2021년 출판콘텐츠 창작 지원 사업'의 일환으로
  국민체육진흥기금을 지원받아 제작되었습니다.

값 12,000원